Das Buch

Lui ist neunzehn Jahre alt, auffallend schön und gelangweilt. In einer Bar trifft sie den kleinen Gauner Ama, dessen gespaltene Schlangenzunge sie so fasziniert, daß sie mit ihm zusammenzieht und sich ihre Zunge piercen läßt – ein Tabu in Japan. Die Manipulation des Aussehens und der Schmerz geben Lui das Gefühl, am Leben zu sein. Entschlossen, die eigenen Grenzen zu überschreiten, bittet sie den Meistertätowierer Shiba, ihr ein mystisches Motiv auf den Rücken zu tätowieren. Als Gegenleistung fordert Shiba ein bizarres erotisches Dreiecksverhältnis. Lui willigt ein, doch dann verschwindet Ama spurlos. Und Lui muß sich ihren Gefühlen und Obsessionen stellen.

Die Autorin

Hitomi Kanehara ist Anfang zwanzig und hat wie ihre Protagonistin kein Interesse an Konventionen. Mit siebzehn brach sie die Schule ab und konzentrierte sich aufs Schreiben. *Tokyo Love* wurde mit dem Subaru-Preis und mit dem Akutagawa-Preis ausgezeichnet, dem wichtigsten Literaturpreis für Debütromane in Japan, den auch Literaturnobelpreisträger Kenzaburo Oe für seinen ersten Roman erhalten hat.

Hitomi Kanehara

tokyo love

Roman

Aus dem Japanischen von Sabine Mangold

List Taschenbuch

Besuchen Sie uns im Internet:
www.list-taschenbuch.de

Mix
Produktgruppe aus vorbildlich bewirtschafteten
Wäldern und anderen kontrollierten Herkünften
www.fsc.org Zert.-Nr. GFA-COC-1223
© 1996 Forest Stewardship Council

Dieses Taschenbuch wurde auf FSC-zertifiziertem Papier gedruckt.
FSC (Forest Stewardship Council) ist eine nichtstaatliche,
gemeinnützige Organisation, die sich für eine ökologische und
sozialverantwortliche Nutzung der Wälder unserer Erde einsetzt.

Ungekürzte Ausgabe im List Taschenbuch
List ist ein Verlag der Ullstein Buchverlage GmbH, Berlin
1. Auflage Februar 2008
© für die deutsche Ausgabe Ullstein Buchverlage GmbH, Berlin 2006
© 2004 by Hitomi Kanehara
Titel der japanischen Originalausgabe: *Hebi ni piasu*
(Shueisha, Tokio)
Umschlaggestaltung: RME Roland Eschlbeck und
Kornelia Rumberg (unter Verwendung einer Vorlage von
Sabine Wimmer, Berlin)
Titelabbildung: Make-up, Hair, Styling: Monika Teufel /
Fotograf: Takeshi Shimazaki
Foto Umschlagrückseite: © Terutoshi Tamaki
Satz: Pinkuin Satz und Datentechnik, Berlin
Gesetzt aus der Novarese
Papier: Munkenprint von Arctic Paper Munkedals AB, Schweden
Druck und Bindearbeiten: Clausen & Bosse, Leck
Printed in Germany
ISBN 978-3-548-60776-4

»Du weißt, was eine *split-tongue* ist?«

»Äh? ... Ach so, du meinst eine gespaltene Zunge?«

»Genau. So wie bei Eidechsen oder Schlangen. Menschen können auch solche Zungen haben.«

Lässig nahm er die Zigarette aus dem Mund und streckte seine Zunge heraus. Sie war vorn geschlitzt, wie bei einer Schlange. Fasziniert schaute ich zu, wie er nur die rechte Spitze hob und sich geschickt die Zigarette in den Spalt schob.

»Irre!!!«

Das war meine erste Begegnung mit einer Schlangenzunge.

»Willst du auch so einen Eingriff machen lassen?«

Ich nickte unwillkürlich.

Überwiegend seien es durchgeknallte Typen, die sich solche *split-tongues* verpaßten. Sie nannten das dann *body modification*. Ausführlich schilderte er mir die Prozedur dieser körperlichen Umwandlung:

Zuerst wird die Zunge gepierct. Das Loch wird dann immer mehr geweitet, bis es ganz ausgeleiert ist. Schließlich wird die verbliebene Spitze mit Zahnseide oder einer Angelschnur umwickelt und mit einem Skalpell oder einer Rasierklinge durchtrennt. Dann ist die Schlangenzunge perfekt. Die meisten würden so verfahren, aber es gäbe auch welche, die aufs Piercen ganz verzichteten und gleich zum Skalpell griffen.

»Auweia, ist das nicht riskant? Es heißt doch, man verblutet, wenn man sich die Zunge abbeißt, oder?« fragte ich.

Der Schlangenmann winkte cool ab: Nee! Das Blut werde mit einem Brenneisen gestillt. Der Griff zum Skalpell ginge zwar fixer, er aber bevorzuge die Piercingmethode. Die dauere zwar länger, aber dafür würde der Schlitz sauberer werden.

Bei der Vorstellung, ein heißes Eisen an die blutverschmierte Zunge zu pressen, standen mir die Haare zu Berge. Ich selbst trug derzeit am rechten Ohr zwei 0-g-Ringe und am linken von unten aufwärts eine ganze Reihe von 0 g, 2 g und 4 g. Die Größe solcher Piercings wird in Gauge – Abkürzung: g – angegeben. Je niedriger die Zahl, desto größer das Loch. Man beginnt üblicherweise bei 16 bis 14 g, was in etwa 1,5 Millimeter entspricht. Nach 0 g gibt es noch 00 g, ungefähr 9,5 Millimeter. Alles, was dann über einen Zentimeter hinausgeht, wird in Brüchen angegeben. Aber ehrlich gesagt, wenn man 00 g überschreitet, sieht man aus wie ein Stammesangehöriger, und dann spielt es keine Rolle mehr, ob das cool wirkt oder nicht. Wenn ich daran denke, wie schmerzvoll es war, die Dinger in meine Ohrläppchen zu kriegen, wie muß das erst weh tun, wenn ich mir die Zunge durchbohre. Nicht auszumalen! Ursprünglich hatte ich immer nur 16er-Ringe getragen, bis ich eines Nachts in einem Club die zwei Jahre ältere Eri kennenlernte. Von da an wollte ich auch solche 00-g-Ohrringe haben wie sie, und ich begann meine Löcher nach und nach zu weiten.

»Wow! Sieht ja irre aus!« beneidete ich sie um ihre Piercings. Daraufhin schenkte sie mir ein Dutzend ihrer abgelegten Ringe – eine Palette von 16 bis 0 g – und erklärte, wenn man da angelangt sei, wären die dünneren nicht mehr zu gebrauchen. Das Vergrößern von 16 g auf 6 g stellte kein Problem dar, aber der Übergang von 4 g auf 2 g und dann von 2 g auf 0 g war Dehnen im wahrsten Sinne des Wortes. Blut sickerte aus der Wunde, und meine Ohrläppchen waren rotgeschwollen. Der pochende Schmerz hörte erst nach ein paar Tagen auf. Es dauerte insgesamt drei Monate, bis ich bei 0 g angelangt war. Dabei befolgte ich Eris Devise und verzichtete auf irgendwelche Hilfsmittel zum Weiten.

Ich war gerade im Begriff, meine Löcher auf 00 g zu vergrößern, als ich den Schlangenmann traf. Ich war ganz versessen aufs Dehnen und lauschte verzückt seiner Schilderung über das Zungenspalten. Es bereitete ihm sichtlich Vergnügen, sich lang und breit darüber auszulassen.

Einige Tage später ging ich mit Ama, so hieß der

Typ, zum Desire. Der Independent-Laden für Punks befand sich abseits des Geschäfts- und Einkaufsviertels im Keller einer Seitenstraße. Das erste, was mir beim Eintreten ins Auge fiel, war die Großaufnahme einer Vagina mit einer gepiercten Klitorisvorhaut. An den Wänden hingen weitere Fotos von gepiercten Hoden sowie Tätowierungen. Hinten im Laden gab es ganz normalen Körperschmuck und andere Accessoires, aber auch Peitschen und Dildos. Nach meinem Empfinden war es ein Shop für Perverse. Als Ama durch den Raum rief, schoß ein Kopf hinter der Theke hervor. Es war ein kahlgeschorener Freak, auf dessen glattem Schädel sich ein tätowierter Drache wand.

»Ah, Ama! … Lange nicht gesehen.«

Der Punk war schon etwas älter, schätzungsweise Mitte Zwanzig.

»Lui, das ist Shiba-san, ihm gehört der Laden. Und das hier ist mein Mädchen.«

Ehrlich gesagt, betrachtete ich mich gar nicht als seine Freundin, aber ich hielt den Mund und nickte Shiba-san zu.

»Mensch, da hast du dir ja was Süßes geangelt.«

Ihr Gerede machte mich etwas verlegen, und ich wurde nervös.

»Wir sind hier, um ihre Zunge piercen zu lassen.«

»Sieh an, sogar Barbiegirls lassen sich inzwischen die Zunge durchstechen.« Shiba-san musterte mich neugierig.

»Ich bin kein Barbiegirl.«

»Sie will auch eine *split-tongue* haben, sagt sie«, grinste Ama albern.

Offenbar hatte er meinen Protest gar nicht mitbekommen. Irgendwann hatte ich mal in einem Piercingshop aufgeschnappt, daß die Zunge nach den Genitalien die schmerzhafteste Zone beim Durchstechen war. Konnte ich mich da unbedenklich diesem Punk anvertrauen?

»He, Schwester, komm her und laß mal sehen!«

Ich trat an den Tresen und streckte ihm die Zunge raus. Shiba-san lehnte sich zu mir und sagte: »Gut, daß sie relativ dünn ist, dann tut es nicht so weh.«

Erleichtert atmete ich auf.

»Aber bei Grillgerichten sind doch Rinderzunge und Rindermagen das zäheste Fleisch, oder?« fiel mir plötzlich ein. Ob das wirklich gutging, wenn man ein derart robustes Gewebe durchbohrte?

»Na ja, Schwesterchen, da ist was dran. Es zwickt ein bißchen mehr, als wenn man die Ohrläppchen durchsticht. Du machst da schließlich ein Loch rein, das schmerzt schon ordentlich.«

»Mensch, Shiba-san, mach ihr doch keine Angst. Keine Sorge, Lui, ich hab's ja auch geschafft.«

»Ach ja? Von wegen! Du bist dabei doch fast krepiert. Na ja, mir soll's recht sein. Dann kommt mal mit!«

Shiba-san deutete hinter die Theke und lächelte mir zu. Sein Grinsen wirkte verschlagen, und sein Gesicht war zugepflastert mit Piercings: Augenbrauen, Lippen, Nase, Wangen. Hinter einer derartigen

Panzerung konnte man gar keine Miene mehr erkennen. Seine beiden Handrücken waren mit Brandnarben übersät. Erst dachte ich, sie stammten von einem Unfall, aber bei näherem Hinsehen fiel mir auf, daß sie alle kreisrund waren und einen Durchmesser von ungefähr einem Zentimeter hatten. Er schien sie sich mit einer glühenden Zigarette verpaßt zu haben, so eine Art Mutprobe. Echt durchgeknallt, der Typ! Ama war meine erste Bekanntschaft mit dieser Freakszene. Dieser Shiba-san hatte zwar keine Schlangenzunge, aber seine Visage wirkte schon furchterregend mit all den Piercings.

Ich folgte Ama ins Hinterzimmer. Shiba-san wies auf einen Alustuhl, auf dem ich Platz nahm. Ich schaute mich um. Es gab eine Liege, ein paar sonderbare Utensilien und an den Wänden, wie zu erwarten, weitere schockierende Fotos.

»Machst du hier auch Tattoos?«

»Klar doch, ich bin auch Tätowierer. Aber den hier hat jemand anderes fabriziert«, erwiderte Shiba-san und deutete auf seinen Hinterkopf.

»Ich hab meins auch hier machen lassen«, erklärte Ama.

In der Nacht, als ich Ama kennengelernt hatte, waren wir uns im Gespräch über gespaltene Zungen nähergekommen, und er hatte mich mit zu sich genommen. Den gesamten Eingriff zum Formen einer Schlangenzunge, vom Vergrößern des Lochs mittels Piercing bis hin zum Durchtrennen mit dem Skalpell, hatte er fotografisch dokumentiert. Fasziniert schaute ich mir jede einzelne Aufnahme eingehend an. Ama hatte das Loch in der Zunge bis zu 00 g geweitet, so daß der Schnitt nur fünf Millimeter durchtrennen mußte. Trotzdem war es das reinste Blutbad. Danach zeigte er mir im Internet eine Underground-Website mit Videodokumentationen über das *tongue-splitting*. Zu Amas Verwunderung sah ich mir die Sequenzen wieder und wieder an. Ich wußte selbst nicht, was mich daran so fesselte. Anschließend schlief ich mit ihm. Später, als Ama sich mit seinem Tattoo – ein Drache, der sich über Arme und Rücken erstreckte – brüstete, beschloß ich, mich ebenfalls tätowieren zu lassen, sobald meine Zunge gespalten war.

»Ich will auch ein Tattoo!«

»Echt!?« riefen Ama und Shiba-san wie aus einem Munde.

»Mann, das sieht bestimmt cool aus. Tattoos wirken bei Frauen viel geiler als bei Männern. Besonders bei jungen Mädchen. Deren Haut ist so feinporig, daß man ganz saubere, detaillierte Zeichnungen machen kann.« Shiba-san strich mir dabei sanft über die Arme.

»He, Shiba-san, alles schön der Reihe nach. Erst das Piercen.«

»Hm ... okay!«

Shiba-san langte nach hinten ins Stahlregal und holte ein Instrument aus einer Plastiktüte. Es sah aus wie die Art Pistole, mit der auch Ohrlöcher gestochen werden.

»Zeig mir deine Zunge. Wo willst du das Loch hinhaben?«

Ich streckte meine Zunge vor dem Spiegel raus und deutete auf eine Stelle etwa zwei Zentimeter von der Spitze entfernt.

Mit einer routinierten Bewegung wischte Shiba-san meine Zunge mit einem Papiertuch trocken und markierte die gewünschte Stelle mit einem schwarzen Punkt.

»Stütz dein Kinn auf den Tisch.«

Ich tat, was er sagte, und beugte mich mit heraushängender Zunge vor. Er legte ein Handtuch auf den Tisch und steckte einen Metallstift in die Pistole. Bei dem Anblick schlug ich Shiba-san unwillkürlich auf den Arm und schüttelte heftig den Kopf.

»Häh? Was denn?«

»Das ist doch ein 12 g. Du willst doch nicht etwa gleich mit dem Ding da anfangen?«

»Ja, das ist ein 12er. Kein Mensch macht sich einen 16er oder 18er in die Zunge. Null Problem!«

»Dann nimm wenigstens einen 14er. Bitte!«

Verzweifelt beschwor ich Ama und Shiba-san, die sich zuerst nicht darauf einlassen wollten. Meine ersten Ohrringe seien immer 14 g bis 16 g gewesen. Shiba-san steckte daraufhin einen 14er-Stift in die Pistole und vergewisserte sich noch mal: »Ist das jetzt okay?«

Ich nickte kaum merklich und ballte meine Hände zu Fäusten. Sie waren glitschig feucht, ein unangenehmes Gefühl. Shiba-san positionierte die Pistole und drückte die Zungenspitze auf das Handtuch. Behutsam klemmte er meine Zunge ein. Ich spürte den kalten Metallstift auf der Unterseite.

»Okay?« erkundigte sich Shiba-san mit sanfter Stimme. Ich schaute auf und nickte kurz. »Auf geht's«, hauchte er und legte den Finger auf den Abzug. Ich stellte mir Shiba-san mit dieser Stimme beim Sex vor. Ob er dabei auch mit einem solchen Raunen zu verstehen gab, daß er gleich kommen würde? Bei dem Klicken, das im nächsten Augenblick ertönte, durchlief mich ein weitaus heftigerer Schauer als beim Orgasmus. Ich bekam Gänsehaut und zuckte zusammen. Mein Magen verkrampfte sich, meine Möse ebenfalls. Es kribbelte und pulsierte wie in Momenten der Ekstase. Mit einem Schnappen löste sich der Piercingstift aus der Pistole. Wieder frei, zog ich mit schmerzverzerrtem Gesicht meine Zunge in den Mund zurück.

»Zeig her«, sagte Shiba-san und drehte mein Gesicht zu sich. Mit tränenden Augen streckte ich ihm meine taube Zunge entgegen.

»Hm, sieht gut aus. Es ist glatt durchgegangen und sitzt auch an der richtigen Stelle.«

»Stimmt! Lui, da hast du echt Glück gehabt.«

Ama hatte sich zwischen uns gedrängt und begaffte meine Zunge.

Sie brannte wie Feuer, und ich konnte kaum sprechen.

»Lui-chan, alles okay? Ganz schön tough! Frauen scheinen mehr aushalten zu können als Männer.

Manche Typen fallen sogar in Ohmacht, wenn ihre Schleimhäute – Zunge oder Genitalien – durchbohrt werden.«

Mit einem wortlosen Nicken bedeutete ich ihm, daß ich verstanden hatte. Ein scharfer, stechender Schmerz durchzuckte mich in kurzen Intervallen. Aber ich war trotzdem froh, daß ich hergekommen war. Zuerst wollte ich es nämlich ganz allein machen, aber zum Glück hatte ich auf Ama gehört. Sonst hätte mich vermutlich mittendrin der Mut verlassen. Ich bekam Eis zum Kühlen und konnte spüren, wie meine Erregung langsam nachließ. Als ich mich dann etwas erholt hatte, kehrten wir nach vorne in den Laden zurück, wo ich zusammen mit Ama ein wenig herumstöberte und mir den Körperschmuck anschaute. Irgendwann wurde ihm das offenbar zu langweilig, denn er lungerte nun in der Ecke mit dem Sadomaso-Zeug herum. Ich bemerkte Shiba-san, der inzwischen auch aus dem Hinterzimmer gekommen war und sich über den Tresen lehnte.

»Was hältst du von *split-tongues*?« fragte ich ihn.

Er zuckte mit den Schultern. »Na ja, es ist immerhin ein krasser körperlicher Eingriff, stärker als beim Piercen und Tätowieren. Klingt interessant, rein theoretisch, aber ich persönlich würde das nicht machen. Ich glaube, nur Gott allein hat das Recht, die menschliche Gestalt zu verändern.«

Seine Worte besaßen eine ungeheure Überzeugungskraft, und ich nickte zustimmend.

Mir kamen alle möglichen körperlichen Umgestaltungen in den Sinn, von denen ich bisher gehört hatte: das Bandagieren der Füße, das Einschnüren der Taille mittels Korsett oder die Halsverlängerung bei Eingeborenenstämmen. Ich überlegte, ob Zahnregulation auch dazugehörte.

»Nehmen wir mal an, du wärst Gott, welche Art Mensch würdest du dann erschaffen?«, fragte ich Shiba-san.

»Ich würde gar nichts verändern. Bloß dumm müßten sie sein, strohdumm wie die Hühner. Damit sie erst gar nicht darüber nachzudenken anfangen, ob es einen Gott gibt.«

Zaghaft blickte ich zu ihm auf. Sein Tonfall war lässig, aber ich sah ein freches Blitzen in seinen Augen. Irgendwie bizarr, der Typ, dachte ich.

»Kannst du mir das nächste Mal Tattoo-Vorlagen zeigen?«

»Klar doch«, erwiderte er lächelnd und blickte mich sanftmütig an. Seine Augen waren fast unnatürlich braun und seine Haut blaß, regelrecht weiß, wie bei einem Europäer.

»Ruf mich an, wenn du willst. Auch falls du noch Fragen zu deinem Zungenpiercing hast.«

Shiba-san notierte seine Handynummer auf die Rückseite der Visitenkarte vom Shop und überreichte sie mir. Ich nahm sie dankend mit einem Lächeln entgegen und schaute mich flüchtig nach Ama um, der immer noch mit Peitschen herumhantierte. In meiner Tasche berührte ich das Portemonnaie. Ach ja, bezahlen, besann ich mich und fragte: »Wieviel kriegst du dafür?«

Shiba-san winkte ab: »Schon gut.«

Ich stützte mich mit den Ellbogen auf die Theke und legte mein Kinn in die Hände, um Shiba-san ins Visier zu nehmen. Ihm schien das nicht so recht zu behagen. Er hockte hinter dem Tresen auf einem Stuhl und wich meinem Blick hartnäckig aus.

»Wenn ich in dein Gesicht schaue, dann gerät mein S-Blut in Wallung, weißt du«, sagte er völlig cool, ohne aufzublicken.

»Ach ja? Ich bin nämlich maso, vielleicht liegt das ja an meiner Ausstrahlung.«

Shiba-san erhob sich hinter dem Tresen und schaute mich jetzt direkt an. Sein Blick war liebkosend, als hätte er ein Hündchen vor sich. Dann lehnte er sich zu mir, bis unsere Augen auf einer Höhe waren, hob mein Kinn mit seinen schlanken Fingern und lächelte mich an.

»In diesen Hals würde ich gerne Nadeln stechen«, sagte er immer noch laut vernehmbar und sah aus, als würde er jeden Moment in schallendes Gelächter ausbrechen.

»Dann bist du wohl eher ein *savage* als ein Sadist!«

»Stimmt!«

Ich schaute ihn verwundert an. Daß er dieses Wort kannte, hätte ich nicht vermutet.

»Ich hätte gedacht, du weißt nicht, was das heißt.«

»Oh, mit brutalen Wörtern kenne ich mich bestens aus.«

Er lächelte scheu, nur die Mundwinkel leicht hochgezogen.

Der spinnt total, dachte ich, doch zugleich verspürte ich ein starkes Verlangen, von ihm angefaßt zu werden. Ich legte meine Arme auf die Tischplatte, hob das Kinn und ließ mich von ihm am Hals streicheln.

»He Shiba-san, nimm die Pfoten weg von meiner Kleinen!«

Amas nervige Quakstimme unterbrach unser Techtelmechtel.

»Äh? Ich hab bloß ihre Haut gecheckt, für den Fall, daß sie sich tätowieren läßt.«

Auf die Erklärung hin entspannten sich Amas Züge: »Ach so.«

Wir kauften noch einige Piercingringe, bevor wir uns von Shiba-san verabschiedeten und den Laden verließen.

Ich hatte mich daran gewöhnt, draußen neben Ama herumzulaufen. Er hatte jeweils drei 4-g-Ringe an der linken Augenbraue und in der Unterlippe. Als würde er damit nicht schon genug auffallen, trug er obendrein ein Tanktop, damit sein Drachentattoo voll zur Geltung kam. Sein knallrot gefärbter Schopf war an den Seiten so kurz geschoren, daß oben ein fetter Irokesenstreifen prangte. Ehrlich gesagt, als ich ihn das erste Mal in dem Technoschuppen erblickte, war ich nicht sonderlich angetan. Bisher hatte ich mich nur in Clubs rumgetrieben, wo Hip-Hop oder Trance gespielt wurde, meistens zu irgendwelchen Veranstaltungen und dann mit Freunden. Ich dachte, die Läden hätten alle mehr oder weniger den gleichen Stil. An jenem Abend war ich ebenfalls mit meiner Clique unterwegs gewesen, und auf dem Heimweg hatte mich ein Schwarzer mit gebrochenem Englisch in den Technoladen gelotst. Es war zwar auch ein Club, aber ganz anders als die andern. Auf dem Dancefloor wurden ausschließlich Stücke gespielt, die ich nicht kannte. Irgendwann nervte mich das, und ich ging rüber zur Bar, um mir einen Drink zu bestellen. Da entdeckte ich Ama. Obwohl alle schrill aussahen, stach er aus der Menge hervor. Als unsere Blicke sich trafen, steuerte er schnurstracks auf mich zu. Es wunderte mich ein bißchen, daß solch ein Typ Frauen ansprach. Nachdem wir eine Weile herumgeblödelt hatten, fühlte ich mich von seiner Zunge völlig in den Bann gezogen. Auch jetzt konnte ich mir nicht so recht erklären, wieso sie mich derart faszinierte. Und was mich nun selbst zu dieser *body modification* trieb.

Ich tastete nach meinem Zungenpiercing. Hin und wieder hörte ich es klackern, wenn das Metall gegen meine Zähne schlug. Es tat noch weh, aber die Schwellung war schon erheblich zurückgegangen.

»Na Lui, was ist das für ein Gefühl, einen Schritt

näher an der *split-tongue* zu sein?« riß Ama mich aus meinen Gedanken.

»Weiß nicht so recht. Aber ist schon irgendwie toll.«

»Schön! Ich möchte das Gefühl mit dir teilen.«

Amas keckernde Lache klang dreckig. Ich konnte zwar nicht genau sagen, weshalb, aber seine Miene vermittelte irgendwie diesen Ausdruck. Vielleicht lag es daran, daß seine Unterlippe durch das Gewicht der Ringe schlaff herunterhing, wenn er den Mund aufmachte. Bisher dachte ich immer, Punks wie er würden die ganze Zeit stoned rumhängen und durch die Gegend vögeln, aber es schien auch Ausnahmen zu geben. Ama war stets sanftmütig und brachte Sprüche, deren Einfühlsamkeit so gar nicht zu seinem Äußeren paßte.

Als wir auf seinem Zimmer waren, küßte er mich lang und innig. Es kam mir vor wie eine Ewigkeit. Seine Schlangenzunge spielte mit meinem Piercing. Der durchdringende Schmerz, der mich im Innersten meines Körpers hatte erschauern lassen, fühlte sich jetzt angenehm an. Als wir miteinander schliefen, schloß ich die Augen und dachte an Shiba-san. *Nur Gott allein hat das Recht, die menschliche Gestalt zu ändern* ... Na und! Dann bin ich eben Gott. Ein Keuchen hallte durch den kühlen Raum. Es war Sommer, die Klimaanlage abgeschaltet, und ich war am ganzen Körper schweißgebadet. Und trotzdem wirkte dieses Zimmer kalt. Vielleicht weil Ama nur Stahlmöbel hatte.

»Ich komme, okay?« Amas keuchende Stimme waberte in der Luft. Ich blinzelte und nickte kurz. Er zog seinen Schwanz raus und ergoß sich auf meinen Schoß. Mann, schon wieder!

»Ich hab dir doch gesagt, du sollst auf meinem Bauch abspritzen.«

»Sorry, ich hab's nicht mehr geschafft ...«, entschuldigte er sich mit reuiger Stimme und zog ein Papiertuch aus der Kleenex-Pappschachtel. Ama ejakulierte ständig auf meiner Möse. Mich nervte es, wenn die Schamhaare verklebten. Ich wollte mich eigentlich von der abklingenden Lust einlullen lassen, doch nun mußte ich noch mal aufstehen, um zu duschen.

»Nimm gefälligst einen Gummi, wenn du das nicht gebacken kriegst.«

Ama schlug schuldbewußt die Augen nieder und entschuldigte sich noch mal. Ich wischte mich mit dem Papiertuch ab und stand auf.

»Gehst du ins Bad?« Amas Stimme klang so flehend, daß ich abrupt stehenblieb.

»Ja, duschen.«

»Darf ich mit rein?«

Ich wollte erst zustimmen, aber als ich ihn so splitternackt mit seiner belämmerten Miene sah, wurde es mir zu blöd.

»Nee, das ist zu eng für zwei.«

Ich schnappte mir ein Handtuch und schloß mich im Bad ein. Vor dem Waschbeckenspiegel streckte ich die Zunge raus. Auf der Spitze prangte ein silbernes Kügelchen – der erste Schritt zur Schlangenzunge. Shiba-san hatte mir gesagt, daß ich in den nächsten vier Wochen das Loch nicht weiten sollte. Es war also noch ein langer Weg dahin.

Als ich aus dem Bad kam, brachte mir Ama einen Becher heißen Kaffee. Lächelnd schaute er mir beim Trinken zu.

»Los, laß uns ins Bett gehen.«

Folgsam legte ich mich neben ihn auf den Futon. Er grub sein Gesicht zwischen meine Brüste und schmuste mit den Nippeln. Ama war ganz versessen darauf – ein Ritual, das zum Vor- und Nachspiel gehörte. Seine Liebkosungen fühlten sich gut an, vielleicht lag es an der gespaltenen Zunge. Er schaute wonnig drein wie ein Baby, was sogar bei jemandem wie mir Mutterinstinkte wachrief. Als ich ihn streichelte, schaute er zu mir auf und lächelte selig. Seine Zufriedenheit steckte mich an, auch ich verspürte ein leises Glücksgefühl. Er kehrte zwar den Punk raus, aber darunter verbarg sich ein Mensch mit einer spirituellen Wirkung. Ich konnte ihn nicht ganz durchschauen.

»Was?! Du spinnst! Unglaublich! Das muß doch unheimlich weh tun!«

So lautete die Reaktion meiner Freundin Maki auf meine durchstochene Zunge. Sie begaffte das Piercing und verzog weinerlich das Gesicht, wobei sie ununterbrochen »Auaaua« wimmerte.

»Woher kommt dieser Gesinnungswandel? Ein

Zungenpiercing! Lui, ich dachte immer, du kannst Punks und dieses Shinjuku-Gesindel nicht ausstehen.«

Ich hatte Maki vor zwei Jahren in einem Club kennengelernt. Sie war der Inbegriff eines Barbiegirls, völlig zugekleistert mit Make-up. Wir waren inzwischen dick befreundet, und durch unser ständiges Zusammenhocken kannte sie meinen Geschmack nur zu gut.

»Na ja, ich hab 'nen Punk kennengelernt. Der hat mich auf die Idee gebracht.«

»Das sieht aber komisch aus, ein Barbiegirl wie du mit einem Zungenpiercing. Erst durchlöcherst du dir die Ohren und nun auch noch die Zunge. Hast du etwa vor, ein Punk zu werden?«

»Ich bin kein Barbiegirl, Maki!« rief ich empört, doch sie hörte gar nicht mehr zu, sondern ließ sich lang und breit über Punks aus. Zugegeben, bei einem blondgelockten Püppchen in einem Spaghettiträger-Kleidchen würde eine durchbohrte Zunge tatsächlich grotesk wirken. Aber auf das Piercing selbst legte ich ohnehin keinen Wert. Was mir vorschwebte, war eine gespaltene Zunge.

»Maki, was hältst du denn von Tattoos?«

»Tattoos? Ach, die sind doch hübsch: kleine niedliche Schmetterlinge oder Rosen oder so was. Das finde ich süß!« erwiderte sie strahlend.

»Nee, so 'n Zeug meine ich nicht. Drachen, Stammesabzeichen, Ukiyoe-Holzschnittmotive, eher so was in der Art.«

»Was?!« schrie Maki auf und zog eine angewiderte Grimasse. »Was ist bloß in dich gefahren?« zeterte sie. »Hat dir das auch dein neuer Punk-Freund eingeredet? Seid ihr jetzt ein Herz und eine Seele? Der scheint dir ja eine richtige Gehirnwäsche verabreicht zu haben.«

Tja, da lag sie vermutlich gar nicht so falsch. Als ich Amas Schlangenzunge das erste Mal erblickte, war mein bisheriges Wertesystem krachend in sich zusammengebrochen. Das war mir vollauf bewußt. Ich war mir zwar nicht ganz im klaren darüber, was genau sich wie verändert hatte, aber eins stand fest: Die Schlangenzunge hatte mich verhext. Auch wenn diese Faszination nicht unbedingt den Grund dafür lieferte, daß ich nun selbst solch eine körperliche Veränderung wollte. Wieso brachte diese Vorstellung mein Blut so in Wallung? Ich wußte nur soviel, daß ich einen langen Weg vor mir hatte, um das herauszufinden.

»Sag Maki, willst du ihn nicht mal kennenlernen?«

Zwei Stunden später trafen wir Ama am verabredeten Ort.

Maki riß die Augen auf, als ihr Blick der Richtung folgte, in die ich winkte.

»Das darf doch wohl nicht wahr sein?!«

»Doch, dieser rothaarige Affe.«

»Du spinnst doch, oder? Hilfe, da krieg ich ja Angst.«

Als Ama näher kam, bemerkte er offensichtlich,

daß Maki sich unbehaglich fühlte, denn er warf ihr einen schüchternen Blick zu und sagte aufrichtig betroffen: »Tut mir leid, daß ich dich so erschrekke.«

Zu meiner Erleichterung brach Maki angesichts seiner unerwarteten Entschuldigung in schallendes Gelächter aus. Anschließend zogen wir zu dritt durchs nächtliche Geschäftsviertel und landeten in einer Kneipe, die lediglich deshalb den Besuch lohnte, weil sie so billig war.

»Ist dir aufgefallen, daß uns alle ausweichen, wenn wir neben Ama laufen?«

»Stimmt! Wenn ich mit Ama unterwegs bin, werde ich wenigstens nicht blöd angequatscht. Ich krieg nicht mal Werbezettel in die Hand gedrückt.«

»Na, dann bin ich ja doch recht nützlich.«

Ama und Maki fanden sofort einen Draht zueinander. Als er sich mit seiner Zunge brüstete, machte sie eine totale Kehrtwendung und schwärmte ihm vor, wie toll sie das fände.

»Na, ich wette, Lui will sich auch so was machen lassen.«

»Stimmt! Dann haben wir nämlich eine Gemeinsamkeit. He Lui, wieso läßt du dir nicht auch die Augenbrauen und Lippen piercen, dann hätten wir alles gleich.«

»Spinnst du?! Das einzige, was ich will, ist eine Schlangenzunge und ein Tattoo.«

»Hör auf damit, sonst machst du noch eine Punklady aus ihr. Lui und ich haben nämlich eine Liga für Barbiegirls gegründet, einen Pakt fürs Leben sozusagen.«

»Ich bilde keine Liga, und ein Barbiegirl bin ich auch nicht!«

»Doch, du bist ein Barbiegirl«, riefen beide komischerweise wie aus einem Munde.

Als wir völlig besoffen aus der Kneipe torkelten, waren die anderen Lokale schon geschlossen. Auf dem Weg zum Bahnhof machten wir reichlich Radau in der totenstillen Straße, wo es tagsüber von Model-Scouts nur so wimmelte. Zwei Typen kamen uns entgegen, die einen ziemlich gewalttätigen Eindruck machten. Sie wirkten wie Schläger aus einer Gang. Wie zu erwarten, hatten sie Ama auf dem Kieker. Er wurde immer von solchen Kerlen in die Mangel genommen – angepöbelt, angerempelt oder sonstwie in Streitereien verwickelt. Er selbst entschuldigte sich auch noch dafür und grinste bloß albern. Sein punkiges Outfit ließ eben nicht auf sein Inneres schließen.

»Na, meine Süße, ist das etwa dein Macker?«

Der eine Typ, von Kopf bis Fuß in Versace gewandet, machte sich an mich ran. Weder Maki, die sich hinter uns versteckte und jeglichen Blickkontakt zu vermeiden suchte, noch Ama, der die beiden bloß blöd anglotzte, erwiesen sich als sonderlich hilfreich. Als ich an dem Kerl vorbeiwollte, versperrte er mir den Weg.

»Das ist ja wohl 'n Witz!«

»Deine Phantasie reicht anscheinend nicht aus,

dir vorzustellen, daß wir miteinander vögeln«, erwiderte ich schulterzuckend, ohne die Miene zu verziehen.

»Genau«, sagte er. Dabei legte er einen Arm um meine Schulter und langte in den Ausschnitt meines Kleides. Gerade versuchte ich mich zu entsinnen, welchen BH ich heute trug, als es rumste, und der Typ, der mir soeben ins Dekolleté stieren wollte, war plötzlich aus meinem Sichtfeld verschwunden. Irritiert schaute ich mich um. Da lag er, ausgestreckt am Boden, und neben ihm stand Ama mit vor Wut brennenden Augen. Er hatte ihn umgenietet.

»He, Freundchen, was fällt dir ein«, baute sich nun sein Begleiter drohend vor Ama auf. Ama schlug ihn ebenfalls nieder und kniete sich dann rittlings über den immer noch am Boden liegenden Versace. Er drosch auf seine Schläfe ein, immer und immer wieder. Auch als dem anderen das Blut übers Gesicht lief, hörte Ama nicht auf. Bewußtlos und blutbesudelt lag Versace vor ihm.

Maki schrie hysterisch, als sie die Blutlache sah.

Mir fiel ein, daß Ama am rechten Zeige- und Mittelfinger seine heißgeliebten Silberklopper trug. Metall hämmerte auf Knochen. Bei dem brutalen Geräusch brach mir kalter Schweiß aus den Poren.

»Ama, hör auf!«

Doch Ama reagierte nicht, er schien mich überhaupt nicht zu hören, sondern schlug weiterhin auf die Schläfe ein. Der andere Typ rappelte sich indessen vom Boden auf und rannte, nachdem er wieder zu sich gekommen war, sofort weg. Mist, der würde garantiert die Bullen rufen!

»Das reicht jetzt!« schrie ich wütend und packte Amas rechten Arm, dessen Faust gerade zu einem neuen Schlag mitten ins Gesicht ausholte. Ich konnte das nicht mit ansehen. Maki schluchzte laut.

»Ama!« schrie ich erneut, worauf seine gespannten Muskeln endlich erschlafften. Ich wollte schon erleichtert aufatmen, weil endlich alles vorüber war, doch dann sah ich, wie Ama in der Mundhöhle des Typen herumwühlte.

»Verdammt, was machst du da? Du hast sie doch nicht mehr alle!«

Ich schlug ihn auf den Kopf und zerrte wie verrückt an seinem Unterhemd. Aus der Ferne hörte man schon Sirenen.

»Maki, lauf weg! Schnell!«

Maki, leichenblaß, nickte und winkte uns noch zum Abschied: »Demnächst können wir ja mal wieder zu dritt ausgehen, ja?«

Anders als sonst wirkte sie in dem Moment ausgesprochen beherrscht. Und dafür, daß sie besoffen war, rannte sie ziemlich schnell. Ich schaute zu Ama. Er stand wankend da und stierte mich mit leerem Blick an.

»He, kapierst du nicht? Die Bullen sind im Anmarsch. Wir müssen sofort abhauen!«

Als ich ihn an den Schultern rüttelte, gab er noch seine typische Lache von sich, bevor wir endlich losrannten. Ama, der mich mit sich riß, hatte ein

Affentempo drauf. Ich lief keuchend neben ihm her. Schließlich stoppten wir in einer unscheinbaren Gasse, wo ich mich hinter Amas Rücken zu Boden sinken ließ.

»Scheiße, was hast du getan?«

Ich war selbst erstaunt, wie verzweifelt meine wimmernde Stimme klang. Ama kauerte sich neben mich, streckte mir seine Hand entgegen und öffnete die Faust. Ich erblickte zwei rote, etwa einen Zentimeter lange Objekte. Mir war sofort klar, worum es sich handelte: Es waren zwei Zähne von dem Typen. Bei dem Anblick lief es mir eiskalt den Rücken runter.

»Die sind für dich. Als Zeichen meiner Rache.« Ein triumphierendes Lächeln erschien auf Amas Gesicht. Noch erschreckender war jedoch, daß dieses Lächeln unschuldig wie bei einem kleinen Jungen wirkte. Und wieso sprach er von Rache, ich war doch noch am Leben.

»Mann, was soll ich damit?« schrie ich ihn an, worauf er meinen Arm packte und die Dinger in meine Hand kullern ließ.

»Nimm sie als Beweis meiner Liebe.«

Es war zum Verzweifeln. Mit einem hilflosen Schulterzucken erklärte ich ihm: »In Japan sind solche Art Liebesweise aber nicht üblich.«

Ama schmiegte sich an mich, und ich streichelte ihm durchs Haar.

Erschöpft trotteten wir Richtung Park, wo Ama sich an einem Wasserhahn die Hände und das

Hemd wusch. Danach fuhren wir, so als wäre nichts geschehen, mit der letzten Bahn zu ihm nach Hause. Dort angekommen, schubste ich ihn sofort ins Bad. Ich holte die beiden Zähne, die ich einfach nicht wegschmeißen konnte, aus meinem Kosmetiktäschchen und betrachtete sie auf meiner Handfläche. Nachdem ich am Küchenwaschbecken das Blut abgespült hatte, packte ich sie wieder zurück. Ich hatte mich anscheinend auf einen Psychofreak eingelassen. Er war so total fixiert auf mich, daß ich mich fragte, was wohl passierte, wenn ich von Trennung sprechen würde. Ob er dann auch außer sich geraten und mich umbringen würde? Als Ama aus dem Bad zurückkam, hockte er sich neben mich und schaute mich abwartend an. Ich sagte gar nichts.

»Tut mir leid«, hörte ich ihn kaum hörbar wispern. »Manchmal verliere ich einfach die Kontrolle über mich. Von Natur aus bin ich ein gutmütiger Mensch, aber wenn ich eine bestimmte Grenze erst einmal überschritten habe, kann ich nicht aufhören; dann mache ich weiter bis zum Ende. Bis der andere tot ist.«

Das hörte sich ganz danach an, als hätte er tatsächlich schon mal jemanden umgebracht.

»Ama, du bist ein erwachsener Mensch, rechtlich gesehen. Wenn du einen Mord begehst, bist du dran, verstehst du das?«

»Nee, wieso? Ich bin doch immer noch minderjährig ...«

Dabei blickte er mich direkt an, ohne mit der

Wimper zu zucken. Mir blieb die Spucke weg. Völlig überflüssig, sich seinetwegen Sorgen zu machen.

»Hör auf mit dem Quatsch!«

»Nein, ehrlich!«

»Als wir uns kennenlernten, hast du mir gesagt, du wärst vierundzwanzig.«

»Ja, aber nur weil ich dich in dem Dreh eingeschätzt habe und gleichaltrig sein wollte. Du solltest mich nicht für einen Grünschnabel halten. Na ja, mein Geständnis ist ja nun leider etwas salopp geraten. Hätte ich es feierlicher verkünden sollen? Übrigens, wie alt bist du denn eigentlich?«

»Ganz schön taktlos, mein Lieber. Ich bin auch noch nicht volljährig.«

»Du spinnst!« schrie Ama, die Augen weit aufgerissen. »Echt, stimmt das? Mensch, das ist ja super!«

Strahlend fiel er mir um den Hals.

»Mann, wir sehen einfach zu alt aus, das ist der Punkt«, rief ich empört und stieß ihn von mir. Mir wurde klar, wie wenig wir einander kannten. Weder wußte der eine vom anderen, wie er aufgewachsen, noch wie alt er war. So als hätten wir die ganze Zeit das Thema umgangen, um ja nicht daran zu rühren. Selbst jetzt, da wir wußten, daß wir beide noch minderjährig waren, gingen wir nicht soweit zu fragen, wie alt jeder von uns denn nun tatsächlich war.

»Sag mal, Ama, wie heißt du eigentlich richtig? Amano? Suama?«

»Suama? Was soll das denn? Ich heiße Ama ...

Amadeus. Ama ist mein Vorname und Deus mein Familienname. Klingt wie Zeus – ist doch geil, oder?«

»Wenn du mir deinen Namen nicht verraten willst, dann eben nicht!«

»Ich heiße aber wirklich so. Was bedeutet denn Lui?«

»Ich wette, du denkst jetzt an Louis XIV., oder? Stimmt aber nicht. Es kommt von Louis Vuitton.«

»Ach so, du machst auf feine Dame.«

Auch danach redeten wir nur bangloses Zeug und quatschten, ständig eine Pulle Bier in der Hand, bis zum Morgengrauen.

Am nächsten Nachmittag ging ich zum Desire und schaute mir zusammen mit Shiba-san Vorlagen für Tattoos an. Ich war ganz erstaunt über die Vielfalt, die von Ukiyoe-Motiven, wie sie bei Kraftprotzen beliebt waren, über Totenköpfe bis hin zur frühen Mickey-Mouse-Version reichte. Sein beeindruckendes Bildarchiv machte mich sprachlos.

»Dir gefallen die Drachen?« fragte Shiba-san und lehnte sich vor, um auch einen Blick in den Ordner zu werfen, in dem ich gerade eingehend Drachenmotive studierte.

»Hm, ja, ich glaub, ich steh auf Drachen. Ach, ist das nicht der von Ama?«

»Hm ... doch ... die Form ist ein bißchen anders, aber so in etwa ist sein Motiv.«

Shiba-san lehnte sich gegen den Tresen und sah

zu mir herunter, wie ich auf dem Stuhl sitzend weiter in der Mappe blätterte.

»Sag mal, Ama weiß nichts davon, oder? Ich meine, daß du hier bist?«

Als ich zu ihm aufschaute, sah ich den Anflug eines Lächelns in seinen Augen aufblitzen.

»Nee.«

Daraufhin meinte er mit eher ernstem Blick, ich solle Ama bloß nicht erzählen, daß er mir seine Handynummer gegeben habe. Ich begriff sofort, daß er über Amas Temperament Bescheid wußte.

»Sag mal, was meinst du, was mit Ama ...«, fing ich an, brach jedoch mitten im Satz ab.

»Du willst wissen, was mit dem Typen los ist?«

Shiba-san schaute für einen Moment amüsiert an die Decke, bevor er den Blick wieder mir zuwandte und mit den Schultern zuckte.

»Hm, schon gut. Es geht mich nichts an.«

»Aha«, erwiderte Shiba-san im gleichgültigen Tonfall. Er kam hinter dem Tresen hervor und ging aus dem Laden. Zehn Sekunden später ging die Tür auf, und er kam wieder zurück.

»Sag schon ... was ist denn los?«

»Ich hab einen wichtigen Kunden, deshalb hab ich den Laden dichtgemacht.«

»Mhm«, sagte ich tonlos und blätterte weiter in der Mappe rum. Dann gingen wir ins Hinterzimmer, um mein Tattoodesign auszutüfteln. Shiba-san entwarf dabei etliche wunderschöne Skizzen, und das in einem atemberaubenden Tempo. Ich wurde richtig neidisch auf sein künstlerisches Talent, das mir leider gänzlich fehlte.

»Also ehrlich gesagt, ich bin noch am Überlegen. So ein Tattoo hat man schließlich sein Leben lang. Wenn ich mich schon dazu entschließe, dann will ich auch das Nonplusultra, verstehst du?«

Das Kinn auf die Faust gestützt, zeichnete ich Shiba-sans Entwurf eines Drachen mit dem Finger nach.

»Da hast du recht. Heutzutage kann man es zwar mit Laser wieder wegmachen, aber grundsätzlich gibt's da kein Zurück. Was mich betrifft, so brauche ich natürlich bloß mein Haar drüberwachsen lassen.« Dabei strich er sanft über den tanzenden Drachen auf seinem Hinterkopf.

»Du hast doch nicht nur das eine da, stimmt's?«

Shiba-san grinste: »Willst du's sehen?«

Ich nickte kurz, worauf er sich das langärmelige T-Shirt über den Kopf zog. Sein Körper war gleich einer Leinwand mit Linien und Farben übersät. Auf seinem Rücken gab es einen Drachen, ein Wildschwein, einen Hirsch, Schmetterlinge, Pfingstrosen, Kirschblüten und eine Kiefer.

»Ein *Inoshikacho*[1]«, sagte ich.

»Ja, ich mag die Hanafuda-Karten«, erwiderte er.

»Aber es fehlen noch der Buschklee und der Rotahorn.«

---

[1] Kartenkombination von Wildschwein, Hirsch und Schmetterling im Hanafuda-Kartenspiel

»Na ja, es gab keinen Platz mehr, also mußte ich darauf verzichten.«

»Ziemlich gelungen«, lobte ich das Werk. Daraufhin drehte er sich zu mir um, und mein Blick fiel auf ein weiteres vierbeiniges Tier.

»Ah, ein Kirin[2]«, rief ich.

Ich war wie hypnotisiert von der gehörnten Kreatur, die auf Shiba-sans rechten Oberarm tätowiert war.

»Wie, du kennst dieses Tier? Das ist nämlich mein ganzer Stolz. Ein heiliges Wesen. Es trampelt weder auf frischem Gras herum, noch frißt es andere Tiere. In gewissem Sinne ist es der Gott der Fauna.«

»Ich wußte gar nicht, daß es nur ein Horn besitzt.«

»Ach so, na ja, es ist ein Fabeltier, das die Chinesen erfunden haben. In der Legende heißt es, eines der Hörner läge eingestülpt im Fleisch.«

»Das wäre was für mich«, murmelte ich, als ich seinen Arm betrachtete.

Shiba-san wurde für einen Moment ganz still und senkte beschämt den Kopf.

»Solch ein Tattoo kann nur ein Meister der japanischen Spitzenklasse anfertigen. Ich selbst habe mich noch nicht an ein Kirin gewagt.«

---

2 Qilin ist ein chinesisches Fabelwesen. Der gesamte Körper ist mit blauen Drachenschuppen bedeckt. Den Kopf des Qilin zieren ein Hirschgeweih, Reißzähne, große Augen und der »Bart« eines Karpfens. Auf dem Rücken wächst Fell, das einen Kamm wie beim Drachen bildet. Auf Japanisch wird das Qilin auch Kirin ausgesprochen. In der japanischen Kunst hat es mehr Ähnlichkeit mit einem Hirsch als mit dem chinesischen Original.

»Kann ich es denn nicht von deinem Meister machen lassen?«

»Der ist leider schon tot.«

Shiba-san hob seinen Kopf und starrte mir mit ernstem Blick in die Augen. Er seufzte kurz und zuckte auf lässig amerikanische Art mit den Schultern.

»Er hat sich umgebracht; mit einem Kirin-Bildnis im Arm hat er sich selbst verbrannt. Wie bei Akutagawa Ryunosuke. Vielleicht hat er den Zorn des Kirin auf sich gezogen, weil er mit seinem Tattoo ein Sakrileg gegen ein heiliges Wesen begangen hatte. Könnte gut sein, daß man verflucht ist, wenn man ein Kirin tätowiert.«

Sein Ton klang ein wenig spöttisch, und er strich sich die ganze Zeit über den Arm, auf dem sein Kirin prangte. Ich war noch nicht bereit, die Sache aufzugeben. Mein Blick hing weiterhin fasziniert an diesem Fabelwesen.

»Außerdem ist solch ein Kirin eine Mischung aus Hirsch, Stier, Wolf und was weiß ich, also eine ganze Ansammlung von Tieren. Das macht eine Höllenarbeit, so was zu tätowieren.«

»Ach bitte, Shiba-san ... es gefällt mir so sehr! Bitte, tu mir den Gefallen! Du brauchst ja nur die Vorlage zu zeichnen.«

Shiba-san blickte leicht genervt und schnalzte mit der Zunge. Doch dann gab er nach und brummte: »Na meinetwegen.«

»Super! Danke, Shiba-san!«

»Ich zeichne erst mal nur den Entwurf, weiter

nichts. Was willst du als Hintergrund haben, irgendwelche besonderen Wünsche?«

Ich überlegte eine Weile und blätterte dann noch mal die Alben mit den Vorlagen durch.

»Hier, das da, ich würde es gern mit Amas Drachen kombinieren.«

Shiba-san betrachtete den Drachen eingehend. »Verstehe«, murmelte er in sich hinein.

»Hör mal, ich mach das zum ersten Mal mit dem Kirin, da wäre eine andere Kombination einfacher für mich. Irgendwas Modisches.«

»Wenn du meinst.« Ich lachte kurz auf. »Die Größe soll ungefähr so wie bei Ama sein, und ich will den ganzen Rücken bedeckt haben. Wieviel wird das kosten?«

Ama tat so, als würde er nachrechnen, schaute an die Decke und warf mir dann einen Blick von der Seite zu: »Eine Runde Sex.«

»Das ist alles?« Als ich zu ihm hinschielte, sah ich seinen lüsternen Blick, in dem sich blanker Sadismus spiegelte.

»Zieh dich aus!«

Gehorsam stand ich auf. Mein ärmelloses Kleid war ganz durchgeschwitzt und klebte mir am Leib. Ich zog hinten den Reißverschluß hinunter und verspürte eine kühle Brise auf meinem Rücken. Als mein Kleid zu Boden glitt, tat Shiba-san so, als würde er meinen Körper völlig unbeteiligt mustern.

»Du bist ja ziemlich schmal. Wenn du nach der

Tätowierung zunimmst und die Haut sich spannt, sieht das echt Scheiße aus.«

Ich zog nun BH und Slip aus, die ebenfalls ganz durchgeschwitzt waren. Dann schlüpfte ich aus meinen Pantoletten und setzte mich auf die Liege.

»Kein Problem, ich halte mein Gewicht schon seit Jahren.«

Shiba-san drückte die Zigarette im Aschenbecher aus und löste seine Gürtelschnalle, als er sich mir näherte. Er blieb an der Liege stehen und stieß mich mit einer Hand brutal zurück, während die andere meinen Hals packte. Seine Finger tasteten die Schlagader ab, und der Griff wurde immer fester. Shiba-sans schlanke Finger gruben sich tief in mein Fleisch. Er blieb immer noch stehen und schaute auf mich herab. Ich sah, wie die Adern an seinem rechten Arm anschwollen. Mein Körper, der nach Sauerstoff verlangte, zuckte schon. Mit verzerrtem Gesicht fing ich an zu röcheln.

»Geil, dein leidendes Gesicht. Ich hab 'nen richtigen Ständer.«

Er ließ von mir ab und zog sich Hose und Shorts aus. Ich war immer noch reichlich benommen, als er auf mich stieg, sich auf meine Schultern kniete und mir seinen Schwanz entgegenstreckte. Vor meinen Augen gaukelten vier Drachen, die sich über seine beiden Beine ausbreiteten. Noch ganz benommen nahm ich seinen Schwanz in den Mund und schmeckte ihn. Von allen Jahreszeiten war mir der Sommer für Sex am liebsten, der vermischte Geruch von Schweiß und Ammoniak machte mich einfach an. Shiba-san schaute ausdruckslos auf mich herab, krallte sich in meinen Haaren fest und zerrte daran. Mein Kinn ratterte von seinen Stößen, und ich merkte, wie ich feucht wurde, obwohl er mich da noch gar nicht angefaßt hatte. Wie praktisch, dachte ich.

»Sag, wie treibst du es mit Ama?« fragte er und zog für einen Moment sein Becken zurück.

»Äh? ... Na, so wie's üblich ist.«

»Aha!« Shiba-san nickte und riß dabei seinen Gürtel aus den Hosenschlaufen, um mir damit die Hände im Rücken zu fesseln.

»Ist das nicht unbefriedigend für dich?«

»Nee, ich kann auch bei normalem Sex kommen.«

»Wie? Willst du etwa andeuten, ich könnte das nicht?«

»Kannst du denn?«

»Nee, geht nicht.«

»Siehst du, weil du ein verkorkster Sadist bist.«

»Dafür kann ich auch bei Männern kommen. Habe da eine ziemliche Bandbreite«, lachte er. Ich versuchte mir auszumalen, wie er es mit Ama trieb. Wer weiß, vielleicht war es sogar ganz schön.

Mit seinen dünnen Armen hob mich Shiba-san von der Liege hoch und legte mich auf den nackten Boden. Er setzte sich auf die Liege und hielt mir seinen rechten Fuß vors Gesicht. Ich lutschte seine Zehen, jeden einzelnen mit äußerster Sorgfalt, und leckte dann den ganzen Fuß ab, bis mein Mund innen völlig ausgedörrt war. Mein Nacken fing an sich zu verkrampfen, da ich mich nirgendwo abstützen konnte, während ich mich mit dem Kopf zu ihm krümmte. Shiba-san packte mich erneut beim Schopf und zerrte mich daran hoch. Mein Blick muß stumpf und leer sein, dachte ich. Auf seinem Schwanz traten die Adern hervor.

»Bist du feucht?«

Ich nickte, worauf Shiba-san mich aufhob und auf die Liege setzte. Unwillkürlich spreizte ich die Beine. Ich verspürte eine leichte Anspannung. Es war immer so, wenn ich mit sadistisch veranlagten Partnern zugange war. Mein Körper erstarrte dann für einen Moment, da man ja nicht wissen konnte, auf was man sich tatsächlich einließ. Manche standen auf Einläufe oder hantierten mit Spielzeug. Auch Ohrfeigen, Schläge oder Analverkehr war ich gewohnt. Nur Blut wollte ich nach Möglichkeit nicht sehen. Einmal hatte mir nämlich ein Typ einen Flachmann in die Möse geschoben, den er dann mit einem Hammer kaputtschlagen wollte. Das wäre fast schiefgegangen. Mitunter war ich auch richtig fiesen Sadisten begegnet, die mich mit Nadeln malträtiert hatten.

Meine Handgelenke und Handflächen waren verschwitzt, während ich auf Schultern und Oberarmen eine Gänsehaut verspürte. Erleichtert stellte ich fest, daß Shiba-san keine Utensilien ins Spiel brachte. Er steckte mir zwei Finger in die Vagina und stocherte ein bißchen rum, bis er sie abrupt wieder rauszog und an seinem Schenkel abwischte, so als hätte er was Ekliges angefaßt. Als ich seinen Gesichtsausdruck dabei sah, merkte ich, wie ich noch feuchter wurde.

»Steck ihn rein«, bat ich, woraufhin er die beiden mit Schleim verschmierten Finger in meinen Mund schob.

»Schmeckt gräßlich, was?«

Ich nickte, und er steckte sie wieder in meine Möse und dann in den Mund. Die Art, wie er in mir wühlte, erinnerte mich plötzlich an die Szene mit Ama, der dem zusammengeschlagenen Typen genauso im Mund rumgefummelt hatte.

»Leidest du?«

Ich nickte abermals, worauf er die Finger zurückzog, meinen Kopf am Scheitel packte und ihn brutal ins Laken drückte. Mein ganzer Unterleib zitterte von der Anstrengung, mich mit Gesicht, Schultern und Knien abzustützen.

»Ich halt's nicht aus, steck ihn rein«, flehte ich.

»Halt's Maul«, fauchte er mich an, packte meinen Schopf und drückte mich ins Kissen. Er riß mein Becken hoch und bespuckte meine Möse. Dann stieß er wieder die Finger hinein und wühlte darin rum, bis schließlich sein Schwanz in mich hineinglitt. Von Anfang an rammte er mein tiefstes Inneres, und mein Stöhnen klang wie Schluchzen. Dann merkte ich, daß ich tatsächlich weinte. Mir kamen immer sofort die Tränen, wenn ich etwas total genoß. Ich spürte, daß ich kurz davor war zu kommen. Shiba-san löste, während er weiterhin in mich drang, den Gürtel, und sobald meine Handgelenke freikamen, zog er abrupt seinen Schwanz raus. Dabei rann mir erneut eine Träne aus dem Augenwinkel. Er hob mich nun rittlings nach oben, packte meine Arschbacken und stieß mich auf und nieder. Durch das Reiben war meine Möse inzwischen völlig taub.

»Ich will dich noch mehr flennen sehen«, herrschte er mich an, was mir sogleich die Tränen in die Augen trieb. Ich komme, stöhnte ich kurz auf, und mein Becken erbebte. Danach konnte ich mich nicht mehr rühren, aber Shiba-san warf mich brutal auf den Rücken und stieg auf mich. Er fickte mich jetzt noch heftiger, wobei er mich entweder an den Haaren zerrte oder würgte, bis er schließlich, aufgegeilt von meinem schmerzverzerrten Gesicht, »Auf geht's« raunte. Knapp und tonlos klang seine Stimme – genau wie damals, als er mir die Zunge gepierct hatte. Er rammte mich tief, zog seinen Schwanz raus und spritzte in meinem Mund ab. Dieser Höhepunkt war wie die Befreiung aus der Hölle und Vertreibung aus dem Paradies zugleich. Shiba-san sprang sofort von der Liege auf, wischte sich mit einem Papiertuch trocken und zog seine Boxershorts über. Ich fing die Kleenex-Schachtel auf, die er mir zuwarf, und wischte mir vor dem Spiegel das Sperma vom Mund. Mein Gesicht war verheult und mit Make-up verschmiert. Anschließend saßen wir beide an die Wand gelehnt auf der Liege, starrten wie in Trance an die Decke und rauchten eine Zigarette. So saßen wir eine Weile da und taten gar nichts, außer hin und wieder belanglose Bemerkungen von uns zu geben wie »Gib mir mal den Ascher« oder »Puh, ist das heiß«. Irgendwann stand Shiba-san auf, wandte sich zu mir und sagte mit herablassendem Blick:

»Wenn du mit Ama Schluß machst, wirst du meine Braut, klar?«

»Dann würdest du mich wahrscheinlich irgendwann abmurksen«, prustete ich los.

»Na und, mit Ama blüht dir doch wohl das gleiche, oder?«

Ich starrte ihn einen Moment fassungslos an.

»Wenn's gut zwischen uns läuft, könnten wir sogar eine Heirat ins Auge fassen«, fuhr er fort und warf mir BH und Slip zu. Ich schlüpfte in meine Unterwäsche und versuchte mir eine Ehe mit Shiba-san vorzustellen. Bestimmt würde es ein Kampf ums Überleben werden. Als ich mein Kleid übergezogen hatte und von der Liege gestiegen war, holte er eine Dose Eiskaffee aus dem Minikühlschrank und reichte sie mir, nachdem er sie geöffnet hatte.

»Du scheinst ja auch nette Züge zu haben.«

»Ich hab sie dir nur aufgemacht, weil deine Fingernägel so verdammt lang sind.«

Ich gab dem unverschämten Shiba-san einen flüchtigen Kuß. »Danke schön.«

Die beiden Worte – völlig unangemessen in dieser düsteren Atmosphäre – schwebten ziellos im Raum.

Wir kehrten in den Laden zurück, und Shiba-san schloß die Tür wieder auf.

»Mann, viel los ist hier ja nicht gerade.«

»Die meisten kommen zum Piercen oder Tätowieren. Die machen dann einen Termin. Es ist nicht die Art von Laden, wo die Leute einfach nur mal reinschauen.«

»Aha.«

Ich setzte mich auf einen Stuhl hinter der Theke und streckte meine Zunge raus, um das Kügelchen zu betasten. Es tat nicht mehr weh.

»Sag mal, können wir jetzt nicht einen 12er reintun?«

»Nein, noch nicht. Du mußt den da etwa einen Monat lang drinbehalten. Ich hab dir ja gesagt, du sollst gleich einen 12er nehmen«, polterte Shiba-san zurück.

»Meldest du dich, wenn du den Tattoo-Entwurf fertig hast?«

»Komm einfach mit Ama her und sag ihm, du willst dir Ohrringe anschauen. Dann kann ich dir die Vorlage so ganz nebenbei zeigen.«

»Ruf mich am besten tagsüber an, wenn Ama arbeitet.«

»Ja, ja, mach ich«, sagte Shiba-san beiläufig, während er etwas im Regal sortierte. Als ich nach meiner Tasche griff, bereit zu gehen, wandte er sich abrupt zu mir um. Ich blieb wie angewurzelt stehen und schaute ihn fragend an.

»Ich bin übrigens ein Kind Gottes«, sagte er, ohne die Miene zu verziehen. Sollte das ein Witz sein?

»Ein Kind Gottes? Klingt irgendwie nach Schundroman ...«

»Um den Menschen zu erschaffen, muß Gott ja wohl ein absoluter Sadist sein.«

»Und Maria ist dann maso, ja?«

»Genau«, erwiderte Shiba-san und wandte sich wieder dem Regal zu. Ich griff nach meiner Tasche und entfernte mich vom Tresen.

»Willst du nicht noch einen Bissen zu dir nehmen, bevor du gehst?«

»Lieber nicht, Ama ist bestimmt schon zurück.«

»Ach so, na, dann mach's gut!«

Shiba-san rubbelte mir zum Abschied unsanft über den Kopf, worauf ich seinen rechten Arm ergriff und den Kirin streichelte.

»Der wird ganz toll, den ich dir zeichne.«

Ich schenkte ihm ein Lächeln, winkte kurz und drehte mich auf dem Absatz um. Die Sonne ging bereits unter, als ich hinaus ins Freie trat. Es war so kalt, daß es mir den Atem verschlug. Ich nahm die Bahn und fuhr zu Ama. In der Einkaufsstraße auf dem Weg zu seiner Wohnung wimmelte es von Familien. Das laute Krakeelen war zum Kotzen. Ich schlenderte dahin, bis ein kleines Kind über meine Füße stolperte. Die Mutter warf mir einen kurzen Blick zu, tat dann aber so, als wäre nichts geschehen. Ich blickte in das zu mir aufschauende Kindergesicht, das kurz davor war loszuplärren. Ich schnalzte mit der Zunge und ging eilig weiter. In dieser Welt habe ich nichts verloren, dachte ich voller Inbrunst. Im Reich der Finsternis soll mein Körper glühen.

Als ich in Amas Wohnung eintraf, warf ich meine Kleidung sofort in die Waschmaschine. Begehren verströmt immer einen süßen Duft, der jetzt meinen Klamotten anhaftete. Dann ging ich unter die Dusche und wusch mich gründlich von Kopf bis Fuß. Wieder im Zimmer, zog ich ein Paar Bluejeans und eins von Amas T-Shirts über. Nachdem ich mich ein wenig geschminkt hatte, fönte ich meine Haare und hängte das gewaschene Kleid draußen zum Trocknen auf. Als ich mich endlich hinsetzte, hörte ich Ama zur Tür reinkommen.
»Hallo, ich bin's!«
»Ah, hallo!«
Erleichtert nahm ich wahr, daß Ama vor Zufriedenheit strahlte.
»Mann, ich war heute den ganzen Tag hundemüde«, bemerkte er laut gähnend. Kein Wunder, wir hatten ja auch die ganze Nacht durchgesoffen. Ich war ebenfalls total groggy. Nachdem Ama am Morgen fortgegangen war, konnte ich nicht mehr einschlafen und hatte deshalb Shiba-san angerufen. Heute war alles wie am Schnürchen gelaufen, so ganz nach meiner Vorstellung. Und der absolute Höhepunkt des Tages war die Begegnung mit

dem Kirin. Ich konnte es kaum erwarten, bis er in meinem Körper hauste. Mochte Ama Amadeus und Shiba-san ein Kind Gottes sein – mir war es völlig egal, neben ihnen nur als Durchschnittsmensch zu gelten. Hauptsache, ich gehörte zum Underground, einer Welt, wo garantiert kein Sonnenstrahl hingelangte, wo weder Liebeslieder noch Kinderlachen erklangen.

Wir aßen eine Kleinigkeit in einer Kneipe, gingen anschließend gleich wieder heim und hatten Sex. Ama war so erschöpft, daß er sofort in einen komatösen Schlaf fiel. An einer Flasche Bier nippend, saß ich da und betrachtete sein schlafendes Gesicht. Ob er, wenn er herausbekommen sollte, daß Shiba-san und ich miteinander gevögelt hatten, dazu fähig sein würde, mich genauso zusammenzuschlagen wie den Mistkerl von gestern nacht? Wenn ich es mir aussuchen könnte, dann würde ich mich lieber von dem göttlichen Kind als von Amadeus umbringen lassen. Aber das göttliche Kind würde bestimmt nicht soweit gehen. An Amas Hand, die schlaff von der Bettkante herunterhing, blitzte der kantig-schroffe Silberklopper auf. Um mich abzulenken, schaltete ich den Fernseher ein. Ich zappte durch das gesamte Nachtprogramm, doch es liefen bloß grelle Unterhaltungsshows oder öde Dokumentationen. Darauf konnte ich verzichten. In Amas Zimmer lagen nur Zeitschriften mit Männermode herum. Zugang zu seinem Computer hatte ich auch nicht. Mit einem leicht genervten Zungenschnalzen griff ich mir die Tageszeitung. Es war eine billige Sportgazette, die mir derzeit als einzige Informationsquelle für gesellschaftliche Belange diente. Zuerst überflog ich das Fernsehspätprogramm auf der letzten Seite und blätterte dann von hinten nach vorne. Das einzige, was man hier erfuhr, war, daß in Japan täglich Morde geschahen und die Sexbranche ebenfalls unter der Rezession zu leiden hatte. Doch plötzlich sprang mir eine eher unscheinbare Schlagzeile ins Auge:

Neunundzwanzigjähriger Gangster gestern in Shinjuku zu Tode geprügelt

Mir fiel sofort der Typ von gestern ein. Aber der hatte doch viel älter gewirkt. Wenn der tatsächlich Ende Zwanzig gewesen sein sollte, hatte er aber arg verbraucht ausgesehen, verglichen mit Ama und mir. Nun ja, es könnte sich genausogut um einen ähnlichen Vorfall im gleichen Stadtteil handeln. Ich holte tief Luft und begann den Artikel zu lesen:

Das Opfer starb noch auf dem Weg zur Klinik. Der Täter befindet sich auf der Flucht. Nach Aussage eines Augenzeugen handelt es sich um einen rothaarigen schlaksigen Mann Mitte Zwanzig, zwischen 1,75 und 1,80 Meter groß.

Ich blickte zu Ama hinüber, verglich ihn mit der Beschreibung des Täters und legte die Zeitung beiseite.

Angenommen, der Augenzeuge wäre jener Kumpel des Ermordeten gewesen, dann hätte er doch als auffälligste Merkmale beim Täter dessen Tätowierung sowie das mit Piercings gepflasterte Gesicht erwähnen müssen. Komisch! Aber nun gut, damit war Ama aus dem Schneider. Ein völlig grundloser Verdacht, den ich da hegte.

Bestimmt war es ein anderer Typ – einer, der Ama irgendwie ähnlich sah –, der den Neunundzwanzigjährigen erschlagen hatte, während der, auf den Ama eingedroschen hatte, noch am Leben war. Daran glaubte ich felsenfest. Dann nahm ich meine Tasche, verließ das Apartment und lief eilig zum Supermarkt, wo ich ein Bleichmittel und aschgraue Haarfarbe kaufte. Als ich in die Wohnung zurückkehrte, schlummerte Ama noch, und ich rüttelte ihn wach.

»Äh? Lui? ... Was ist denn?«

Schlaftrunken richtete er sich auf. Ich gab ihm einen Klaps auf den Hinterkopf und bugsierte ihn zum Spiegel.

»He, was hast du vor?«

»Was ich vorhabe? Och, nichts weiter. Wir ändern bloß mal deine Haarfarbe. Dieses gräßliche Rot muß weg. Das hat mir von Anfang an nicht gefallen.«

Ich sagte ihm, er solle bis auf die Boxershorts alles ausziehen, und er, noch völlig benommen, folgte gehorsam.

»Rotes Haar paßt nun wirklich nicht zu dunkler Haut. Du leidest echt an Geschmacksverirrung, mein Lieber«, erklärte ich ihm, während ich das Bleichmittel anrührte. Die beißenden Dämpfe stiegen mir in die Nase, und ich verzog angewidert das Gesicht. Ama lächelte selig.

48

»Lui, du bist so lieb zu mir. Ich verspreche dir, meinen Stil zu kultivieren, wenn du mir dabei hilfst.«

»Ja, ja«, erwiderte ich. Ich war erleichtert, Ama reagierte zum Glück bereitwillig. Er schien wohl doch ein sonniges Gemüt zu haben.

Mit einem Kamm scheitelte ich sein Haar und begann das Bleichmittel aufzutragen. Auch wenn die neue Haarfarbe nicht das Wesentliche verändern würde, sollten wir dennoch alles versuchen, was möglich war. Ich verbrauchte etwa die halbe Packung. Nach dem Ausspülen fönte ich sein Haar trocken. Es war jetzt blond statt rot. Ein Friseur hatte mir mal gesagt, wenn man von einer Haarfarbe zu einer völlig neuen wechseln wolle, müsse man zuerst die alten Pigmente vollständig rausziehen. Also wiederholte ich die gesamte Prozedur, bis seine Haare fast weiß gebleicht waren. Ich fönte das Haar abermals, bis es knochentrocken war, und trug dann die aschgraue Farbe auf. Ama schien immer noch nicht ganz wach zu sein, sondern döste die ganze Zeit vor sich hin. Zugegeben, ein bißchen tat es mir ja leid für ihn, aber schließlich diente das hier seinem Wohl. Als ich die Farbe vollständig aufgetragen und seinen Schopf in Folie gewickelt hatte, lächelte er mich mit leerem Blick an.

»Danke, Lui!«

Einen Moment lang war ich drauf und dran, ihm von dem Zeitungsartikel zu erzählen, doch dann beschloß ich, lieber den Mund zu halten, und steuerte ins Badezimmer, um mir die Hände zu waschen.

49

»Meinst du, mit diesem Aschton bin ich jetzt ein hübscherer Typ?«

»Ich habe nie behauptet, du würdest blöd aussehen«, rief ich, meinen Kopf aus der Badezimmertür herausstreckend. Ama lachte.

»Für dich würde ich mich auch kahlscheren. Oder als Barbieboy rumlaufen, damit ich zu dir passe. Ich würde sogar meine Haut bleichen, wenn du es wünschst.«

»Hör auf, so 'n Quatsch zu erzählen.«

Eigentlich sah er ganz passabel aus. Sein Blick war ein bißchen fies, aber ansonsten fiel er eher in die Kategorie gutaussehend. Klar, mit dem Tattoo und dem Gesicht voller Piercings ließ sich das natürlich nicht so ohne weiteres feststellen. Wenn ich ihm als Wildfremdem auf der Straße begegnen würde, hätte ich vermutlich gedacht, was für ein Jammer, sich so das Gesicht zu verhunzen. Dennoch, ich konnte es gut nachempfinden. Ich selbst will ja auch nur vom Äußeren her beurteilt werden. Ich stellte mir oft vor, wenn es auf der ganzen Erde keinen einzigen Ort ohne Sonnenschein geben würde, dann müßte ich eben selbst eine Technik erfinden, mich in ein Schattenwesen zu verwandeln.

Als die Farbe etwa zehn Minuten eingewirkt hatte, fing Ama an zu zappeln und fragte immer wieder: »Fertig? ... Fertig?« Seine Ungeduld war verständlich, aber das Zeug mußte nun mal so lange draufbleiben, bis nicht die geringste Spur von Rot mehr sichtbar war. Die neue Farbe wirkte dann noch mal über eine halbe Stunde ein, bis ich endlich die Folie abnahm und sein Haar mit der Hand durchrubbelte.

»Was machst du da?« wollte er wissen.

»Ich laß es oxidieren. Wenn Luft rankommt, wird die Farbe intensiver.«

Nachdem ich mich davon überzeugt hatte, daß die Farbe nicht fleckig geworden war, erklärte ich ihm, wir seien nun fertig, und reichte ihm ein Handtuch. Ama rief »Okay« und lief aufgeregt ins Bad. Während er dort zugange war, las ich mir erneut den Zeitungsartikel durch. Ama war es nicht, ganz bestimmt hat er nichts mit der Sache zu tun, versuchte ich mir einzureden. Aber wieso machte ich mich dann hier halb verrückt, zumal ich ihn nicht mal sonderlich umwerfend fand?

Als Ama aus dem Bad kam, fönte ich sein Haar trocken und stylte es anschließend. Mit den Augen klimpernd, lächelte er mir aus dem Spiegel zu.

»Hör auf damit, das find ich blöd«, schalt ihn ich, worauf er sich mit aufgeblasenen Backen zu mir umwandte. Amas Haar hatte einen exzellenten Aschton. Geradezu perfekt. Nicht die leiseste Spur von Rot war mehr zu erkennen.

»Ama, ab morgen wirst du nur noch langärmlige Sachen tragen.«

»Wieso? Es ist doch noch warm draußen.«

»Halt die Klappe! Mit deinem Tanktop halten dich die Leute noch für einen Gangster.«

»Wenn du meinst.«

Ama wirkte ganz geknickt. Sein Tattoo war einfach zu auffällig. Vielleicht erwähnte die Polizei es absichtlich nicht bei ihren Ermittlungen. Meine Phantasie ging wahrscheinlich mit mir durch. Aber trotzdem versuchte ich ihn mit aller Macht davon zu überzeugen, daß er nicht mehr in seinen Rowdy-Klamotten rumlaufen und sich das Haar wachsen lassen solle, um draußen auf der Straße unauffälliger zu wirken. Ama reagierte völlig entgeistert auf meine plötzlichen Anordnungen, willigte aber dennoch gehorsam ein und sagte: »Versprochen!« Dann nahm er mich fest in den Arm.

»Für dich tue ich es gern.«

Als er mich daraufhin ins Bett zog, sah er überhaupt nicht mehr wie ein Mörder aus. Also redete ich mir ein, Ama sei bloß ein alberner Vollidiot, der blöd durch die Gegend grinst. Als wir im Bett lagen, zog er mir das Kleid hoch und leckte an meinen Nippeln. Nach einer Weile ließen seine Zungenbewegungen nach, und ich hörte seinen schlummernden Atem. Ich zog mein Kleid wieder runter und löschte das Licht. Im Dunkeln, mit geschlossenen Augen, fing ich an zu beten. An wen sich das Gebet richtete, vermochte ich nicht zu sagen. Aber selbst Gott sollte mir recht sein. Ich merkte noch, wie mich ein tiefer Schlaf übermannte.

Am nächsten Tag ergab es sich, daß ich meinen Job bei der Hostessenagentur wieder aufnahm. Es war bereits Mittag vorbei, als das Klingeln des Telefons mich weckte. Der Manager der Firma rief an und bat mich, für eine plötzlich ausgefallene Kollegin einzuspringen. Als ich zögerlich reagierte, bot er mir gleich großzügig ein Honorar von dreißigtausend Yen an. Seitdem ich Ama kannte, lebten wir eigentlich nur von seinem Geld, so daß ich schon am Überlegen war, ob ich den Job endgültig schmeißen sollte. Doch von dem netten Nebenverdienst könnten wir uns schön vollaufen lassen, überlegte ich und erhob meine schweren Glieder.

Den Hostessenjob hatte ich vor einem halben Jahr begonnen. Die Arbeit war leicht: Man brauchte sich lediglich bei der Agentur zu melden und wurde noch am selben Tag ausgezahlt. Entweder mußte man auf Hotelveranstaltungen Drinks servieren oder zwei Stunden auf exklusiven Partys zubringen. Dafür gab es dann jeweils zehntausend Yen. Was für ein Segen, daß ich mit einem hübschen Gesicht auf die Welt gekommen war.

Ich war ein bißchen spät dran, als ich mich in der Lobby des Hotels einfand, wo ich die anderen Mädchen und den Manager traf. Sein Gesicht hellte sich auf, als er mich erblickte.

»Da bin ich aber froh«, rief er und lachte.

Im Umkleideraum wurden dann die Kimonos verteilt. Ich half zunächst denjenigen Mädchen beim Ankleiden, die nicht wußten, wie man damit umging. Anfangs hatte ich auch keinen blassen Schimmer davon gehabt, aber mit der Zeit hatte ich mir das von den anderen abgeguckt und beherrschte es inzwischen aus dem Effeff. Ich bekam einen knallroten Kimono, den ich mir nun selbst anlegte, und setzte dazu die mitgebrachte brünette Glatthaarperücke auf. Man konnte auf solchen exklusiven Veranstaltungen schlecht als Blondine aufkreuzen, und da ich keinen Bock hatte, mir jedesmal die Haare zu tönen, hatte ich mir diese Perücke angeschafft. Ich war gerade mit dem Frisieren fertig, als der Manager nach mir rief:

»Nakagawa-san!«

Es hatte mich so lange niemand mehr bei meinem Nachnamen genannt, daß ich mich förmlich darauf besinnen mußte, daß es meiner war.

»Ähm, Ihre Piercings«, sagte er kleinlaut, als wollte er sich dafür entschuldigen.

Ach ja, murmelte ich und betastete den Schmuck. Gegen ganz normale Ohrringe war nichts einzuwenden, aber solche 0-g-Geschosse wie meine paßten nicht so recht zu einem Kimono, und ich war gezwungen, sie zu derartigen Anlässen rauszunehmen. Nachdem ich sämtliche fünf Ringe entfernt hatte, verstaute ich sie in der Schminktasche. Dabei fiel mein Blick auf die beiden Zähne. Sollte Ama wirklich in den Fall verwickelt sein, würde die Polizei doch sicher bemerkt haben, daß dem Opfer zwei Zähne fehlten.

»Nakagawa-san?«

Es war schon wieder der Manager, der nach mir rief.

»Was ist denn?« Etwas gereizt wandte ich mich um.

Ich blickte in seine verwunderte Miene.

»Nakagawa-san, haben Sie da etwa auch ein Piercing?«

Ich wußte sofort, daß er meine Zunge meinte.

»Ja, hab ich.«

Der Manager guckte ganz betreten und bat mich:

»Können Sie das nicht rausnehmen?«

»Geht leider nicht. Ich hab es gerade erst einsetzen lassen.«

Während der Manager sich offenbar darüber den Kopf zerbrach, was er nun sagen sollte, becircte ich ihn mit einem süßen Lächeln.

»Keine Sorge, ich werde schon nicht den Mund aufreißen.«

Seine Züge entspannten sich. »Na gut«, gab er sich geschlagen.

Der Manager schien auf mich zu fliegen, denn meistens reichte ein bloßes Lächeln, um ihn um den kleinen Finger zu wickeln. Ein Großteil der anderen Mädchen konnte mich deshalb nicht ausstehen.

Als wir die Halle betraten, setzten wir fröhliche Mienen auf und schenkten, das Tablett in einer Hand schwenkend, Wein und Bier aus. Es war stets das gleiche Spiel: die übliche öde Stehparty. Nach geraumer Zeit zog ich mich mit Yuri, eine von den wenigen Kolleginnen, mit denen ich mich gut verstand, in den Umkleideraum zurück. Wir gaben vor, leere Flaschen zu entsorgen, während wir tatsächlich Bier tranken und uns angeregt über Zungenpiercing unterhielten.

»Wow, kaum zu glauben, daß du dir deine Zunge durchlöchern läßt.«

Yuris Reaktion ähnelte der von Maki.

»Das hat dir doch bestimmt ein Typ eingeredet, oder?«

Yuri grinste und reckte den Daumen, so als wisse sie Bescheid.

»Ja schon, aber eigentlich bin ich viel versessener auf die Schlangenzunge als er selbst.«

Unser Gespräch wechselte bald von Zungen zu tieferen Körperregionen, und so schwatzten wir munter weiter, bis der Manager nach uns rief. Nach einem letzten Schluck Bier kaschierten wir unsere Fahne mit Mundspray und gingen zurück in die Halle.

Nach zwei Stunden Party hatte ich etwa dreißig Visitenkarten von irgendwelchen Karrieretypen eingeheimst, die ich im Anschluß mit Yuri durchforstete.

»Hier, das klingt doch toll: *Direktor*«, quietschte Yuri begeistert, als sie die Karten nach beruflichem Status sortierte.

»Aber ich kann mich gar nicht mehr erinnern, wie der Typ aussah. Wahrscheinlich irgend so 'n alter Knacker.«

Ehrlich gesagt, hatte ich nicht das geringste Interesse an solchen Anzugträgern in gehobenen Positionen, und jene vermutlich ebensowenig an einem Barbiegirl mit gepiercter Zunge.

Als braves japanisches Mädchen, das ich hier

spielte, ergatterte ich zwar bei jeder Veranstaltung einen Haufen Visitenkarten, aber es war eben nur eine Rolle. Mit einer *split-tongue* würde ich den Job wohl an den Nagel hängen müssen. Sehnsüchtig betrachtete ich meine Zunge im Spiegel. Ich konnte es kaum abwarten, das Loch zu weiten.

Wir zogen die gleiche Chose noch mal in einem anderen Hotel durch und hatten dann gegen zwanzig Uhr Feierabend. Nachdem ich mit Yuri bei der Agentur vorbeigegangen war, um unser Honorar zu kassieren, traten wir gemeinsam den Heimweg an. Als mein Handy klingelte, reckte sie erneut den Daumen und grinste sich einen. Amas Name erschien auf dem Display. Ich hatte ihm eigentlich eine Notiz hinterlassen oder eine SMS schicken wollen, es dann aber total verschwitzt.

»Hallo? Lui? Sag mal, wo steckst du denn? Was machst du?« Mit weinerlicher Stimme bombardierte Ama mich mit nörgelnden Fragen.

»Ach Mensch, tut mir echt leid. Ich mußte überraschend zu einem Hostessenjob. Bin aber schon auf dem Weg zu dir.«

»Was soll das, Lui? Wieso gehst du arbeiten? Und dann noch als Hostess?«

»Jetzt mach aber mal halblang. Es ist eine ganz seriöse Agentur, nichts Anstößiges.«

Yuri versuchte krampfhaft, sich das Lachen zu verbeißen, als sie mitbekam, wie ich vor Ama und seinem bohrenden Verhör kuschte. Als ich endlich das Gespräch beendete, nachdem ich mich mit ihm am Bahnhof verabredet hatte, prustete Yuri los.

»Mensch, der Typ hat dich ja ziemlich fest im Griff, was?«

»Ach, der ist noch ein halbes Kind. Ziemlich abgedrehter Freak.«

Das sei doch süß, meinte Yuri und stupste mich.

Schön wär's, wenn der einfach bloß süß wäre, dachte ich seufzend. Vor dem Bahnhof trennten wir uns, und ich fuhr den Rest des Weges mit der Bahn. Die Fahrt dauerte zwanzig Minuten. An der Station angekommen, sprang ich leichtfüßig die Treppe hoch. Als ich Amas Gestalt jenseits der Fahrkartensperre erblickte, winkte ich ihm zu. Er winkte zurück, blickte aber ziemlich jämmerlich aus der Wäsche.

»Ich kam von der Arbeit nach Hause, und du warst einfach weg. Keine Nachricht, kein gar nichts. Ich dachte schon, du hättest mich verlassen. Ich bin fast gestorben, solche Sorgen habe ich mir gemacht«, brach es aus Ama heraus, als wir in einem Grillimbiß eingekehrt waren und Bier bestellten.

»Na ja, jetzt ist doch alles wieder gut. Und wir können im Luxus schwelgen.«

Ama löcherte mich weiterhin mit Fragen, was für ein Job das wäre, und als ich ihn endlich davon überzeugen konnte, daß es keine zwielichtige Tätigkeit sei, hellte sich seine Miene wieder auf, und er grinste wie üblich.

Wie gern würde er mich doch mal in einem Kimono sehen, sagte er und quetschte dabei eine Zitronenhälfte auf meinem Teller aus.

Unser Abendessen war ein wahrer Festschmaus: Das Fleisch schmeckte köstlich zu dem erfrischenden Bier. Ich hatte zwar nicht den geringsten Bock, arbeiten zu gehen, aber das Bier mundete danach am Feierabend einfach um so besser. Es war der einzige Lichtblick bei der ganzen Sache. Ich war supergut gelaunt, machte Ama wegen seines neuen Looks Komplimente und lachte sogar hin und wieder über seine blöden Witze. Die Welt schien in bester Ordnung: Amas Haare waren aschgrau, und er lachte vor lauter Glückseligkeit. Es gab nicht die geringste negative Schwingung.

Diese verdammte Hitze! Es war immer noch brütend warm, obwohl der Sommer bereits zur Neige ging. Drei Wochen waren vergangen seit dem Tag, als Shiba-san mir den Entwurf für das Kirin-Motiv gezeigt hatte. Und heute hatte er sich nun überraschend wieder gemeldet. Er habe wahnsinnig viel Mühe beim Zeichnen der Vorlage gehabt, sagte er und erklärte mir ausführlich, weshalb es solch eine Puzzlearbeit gewesen sei. Aber nun könne er es kaum erwarten, mir das Ergebnis zu präsentieren. Im übrigen war es inzwischen auch soweit, mein Zungenpiercing auf 12 g zu weiten.

Am nächsten Tag überredete ich Ama, mit mir ins Desire zu gehen, indem ich vorgab, mir dort Piercingschmuck anschauen zu wollen. Als wir den

Laden betraten, begrüßte uns Shiba-san und führte uns gleich ins Hinterzimmer, wo er aus einer Schreibtischschublade einen Bogen Papier hervorholte.

»Wow«, rief Ama begeistert aus. Ich selbst war ebenso hingerissen von dem Bild. Selbst Shiba-san, der, ganz stolz auf sein Werk, zwischen uns hin und her blickte, prahlte wie ein Kind mit seinem neuen Spielzeug: »Toll, was?«

»Das will ich als Tattoo.«

Mein Entschluß stand fest. Es war Liebe auf den ersten Blick. Schon allein der Gedanke, daß dieses Fabelwesen bald auf meinem Rücken tanzen würde, verursachte mir ein erregendes Prickeln. Ein Drache, der sich jeden Augenblick vom Papier in die Lüfte zu erheben schien, und ein Kirin mit hoch aufgebäumten Vorderbeinen, bereit, über den Drachen hinwegzuspringen. Ein Zweiergepann, meine Verbündeten im Leben, mir auf den Leib geschneidert.

»Okay«, sagte Shiba-san mit einem Lächeln.

Ama ergriff meine Hand und rief: »Cool!«

Solch ein wunderschönes Tattoo überstieg meine kühnsten Erwartungen. Gleich darauf besprachen wir, wo genau es hinsollte und welche Größe es haben würde, und einigten uns auf ein Maß zwischen fünfzehn und dreißig Zentimeter, also etwas kleiner als Amas. Es sollte von der rechten Schulter hinten über den Rücken verlaufen. In drei Tagen würde die Aktion starten.

»Den Abend davor bitte keinen Alkohol trinken. Und leg dich möglichst früh schlafen. Du mußt fit sein dafür.«

Ama nickte beipflichtend zu Shiba-sans Ermahnungen.

»Keine Sorge, ich werde schon auf Lui aufpassen.«

Ama legte seinen Arm um Shiba-sans Schulter, worauf dieser verdutzt guckte. Als er daraufhin flüchtig zu mir schaute, sah ich die gleiche Kälte in seinem Blick wie damals, als wir es miteinander getrieben hatten.

Ich lachte ihm mit den Augen zu, was er mit einem verstohlenen Lächeln erwiderte.

Ama schlug nun vor, wir sollten gemeinsam irgendwo was essen gehen. Shiba-san schloß den Laden etwas früher als üblich, und wir traten ins Freie. Als wir zu dritt die Straße entlangliefen, machten die vorübergehenden Passanten einen großen Bogen um uns.

»Mensch, Shiba-san, alle drehen sich nach uns um, wenn wir uns mit dir blicken lassen.«

»Wieso, du fällst doch selber auf in deinem Gangster-Look.«

»Was redest du da? Du machst doch voll einen auf Punk.«

»Ich kann nur sagen, ihr beide schaut zum Fürchten aus.«

Die zwei verstummten daraufhin.

»Ein Gangster, ein Punk und ein Barbiegirl, das

ist doch eine abgefahrene Kombi«, rief Ama und schaute von Shiba-san zu mir.

»Ich hab euch schon mal gesagt: *Ich bin kein Barbiegirl!* Ich will jetzt Bier trinken. Los, gehen wir in eine Kneipe!«

Zu dritt schlenderten wir die belebte Straße entlang, ich zwischen Ama und Shiba-san, bis wir ein billiges Lokal fanden.

Wir wurden in eine Nische mit Sitzkissen geführt. Die anderen Gäste reckten neugierig ihre Köpfe und wendeten ihre Blicke daraufhin mißbilligend ab. Nachdem wir uns zugeprostet hatten, entstand eine hitzige Diskussion über Tattoos. Ama berichtete von seinen Erfahrungen, worauf Shiba-san uns von den mühsamen Anfängen seiner Lehrzeit als Tätowierer bis hin zu seiner Leidenschaft für Kirin-Designs erzählte. Am Ende saßen sie mit entblößtem Oberkörper da, um gegenseitig ihre Tätowierungen zu begutachten: welche Technik sie benutzt hatten, wie die Schattierungen ausfielen und so weiter. Amüsiert schaute ich den beiden zu. Mir fiel auf, daß ich Shiba-san zum ersten Mal so aufgekratzt erlebte. Wenn wir allein miteinander waren, ließ er diese Seite von sich nie durchscheinen. Selbst ein Sadist wie er schien also manchmal von einem Ohr zum anderen zu strahlen. Ich geriet allmählich in eine bierselige Stimmung und neckte die beiden: »Los, zieht euch was über!« oder »Haltet endlich mal die Klappe!« Alles in allem war es ein fröhliches Mahl mit erfrischendem Bier und einem tollen Tattoo-

Entwurf in der Tasche. Mehr brauchte ich nicht, um mich wohl zu fühlen.

Als Ama kurz mal zur Toilette gegangen war, lehnte sich Shiba-san zu mir und strich mir sanft über den Kopf.

»Du hast doch keine Bedenken, oder?«

»Nein, ganz und gar nicht«, erwiderte ich. Wir schauten uns lächelnd in die Augen.

»Ich werde dir eine superschöne Tätowierung machen.«

Seine Worte klangen zutiefst überzeugt, und ich war dankbar, jemandem wie ihm begegnet zu sein.

»Ich fühle mich gut aufgehoben in deinen Händen.«

»Du meinst meine göttlichen Hände …«, entgegnete Shiba-san mit einem sarkastischen Lächeln und spreizte abrupt die Finger. »Aber was, wenn ich beim Tätowieren plötzlich den Impuls verspüre, dich zu töten?« Sein Blick wurde eiskalt, als er seine Hände betrachtete.

»Na und? Dann soll es eben so sein«, sagte ich und nahm einen Schluck Bier. Ich bemerkte, daß Ama sich näherte.

»Ich fühle das zum ersten Mal, dieses starke Verlangen, jemanden umzubringen.«

Shiba-san hatte den Satz gerade beendet, als Ama arglos lachend an den Tisch zurückkehrte.

»Puh, das Klo ist vollgekotzt. Hätte mich fast selbst übergeben.«

Mit dieser Bemerkung kippte die Stimmung wieder ins gewohnt Normale. Ich saß hier mit zwei Typen zusammen, von denen der eine um meinetwillen jemanden bewußtlos geschlagen hatte, während der andere starke Gelüste verspürte, mich zu töten. Wer von beiden würde es wohl sein, der mich eines Tages tatsächlich umbrachte?

Zwei Tage später holte Ama sämtlichen Alkohol aus dem Kühlschrank und verstaute ihn im Schrank, den er mit einem Vorhängeschloß verriegelte.

»Mann, ich bin doch keine Säuferin«, empörte ich mich.

»Anscheinend doch«, erwiderte Ama und ließ den Schlüssel in seine Tasche plumpsen.

»Wer rennt denn hier zum nächsten Supermarkt und besorgt sich Bier, wenn ich nicht da bin, häh?«

Mit diesen Worten verließ er die Wohnung, um zur Arbeit zu gehen. Für wie bescheuert hielt er mich eigentlich?

Pah, was sollte es mir schon ausmachen, mal einen Tag ohne Alkohol auszukommen, dachte ich und gab dem Schrank einen Tritt.

Doch zugegeben, als der Zeitpunkt nahte, wo Ama nach Hause kam, konnte ich an nichts anderes mehr denken als an Bier. Schlagartig wurde mir bewußt, daß es in der letzten Zeit keinen einzigen Tag gegeben hatte, an dem ich nicht von Mittag bis in die Nacht gesoffen hatte. Es war mir gar nicht aufgefallen, wie sehr ich mich schon daran gewöhnt hatte, wie stark bereits die Abhängigkeit war.

Als Ama nach Hause kam, schleuderte ich ihm meinen aufgestauten Frust entgegen, worauf er – offensichtlich hatte er damit gerechnet – mich zu beruhigen versuchte.

»Hab ich's dir nicht gesagt? Du hast dich da wohl ein bißchen überschätzt. Du hältst es nämlich gar nicht mehr ohne Stoff aus.«

»Ach, leck mich«, tobte ich. »Ich brauch das Zeug nicht, hörst du? Mich regt nur deine blöde Visage auf.«

»Ja, ja, red nur. Alkohol ist jedenfalls gestrichen. Wir gehen was essen, und dann ab ins Bett. Denk dran, morgen ist ein bedeutsamer Tag.«

Von Ama derart zur Vernunft gebracht zu werden nervte mich noch mehr. Vor mich hin grollend machte ich mich ausgehfertig.

Unser Abendessen bestand aus einer Rindfleisch-Terrine und Softdrinks. Mein Magen rebellierte gegen das völlig übersüßte Gericht. Ich mußte es mit Shichimi-Würze neutralisieren, um es überhaupt runterzukriegen. Ama überwachte meine Handlungen wie eine Glucke. Sein mütterliches Gehabe machte mich rasend, und ich schlug ihn – wer weiß wie oft – ärgerlich auf den Kopf.

Zu Hause angekommen, kommandierte Ama mich in einer Tour herum. Nach dem Baden steckte er mich in ein Sweatshirt und zwang mich, heiße Milch mit Zucker zu trinken. Dann schickte er mich ins Bett, obwohl es gerade mal acht war.

»Ich kann jetzt unmöglich schon schlafen. Was

glaubst du, wann ich gestern ins Bett gegangen bin?«

»Reiß dich zusammen und versuch es wenigstens. Soll ich Schäfchen für dich zählen?«

Ama begann unaufgefordert mit dem Zählen, bis ich schließlich nachgab und die Augen schloß. Als er beim hundertsten Schaf angelangt war, verstummte er plötzlich und drückte mich fest an sich.

»Darf ich dich morgen begleiten?«

»Spinnst du?! Du mußt doch morgen früh zur Arbeit!«

Ama war ganz geknickt über meine Abfuhr.

»Ich will nicht behaupten, daß ich kein Zutrauen zu Shiba-san hätte, aber immerhin ist er mit dir allein. Das macht mir Sorgen.«

»Nun hör aber auf! Shiba-san ist schließlich ein Profi, der würde die Situation doch niemals ausnutzen«, entgegnete ich im Brustton der Überzeugung, worauf Ama zwar klein beigab, aber nach wie vor bedrückt war.

»Sei auf jeden Fall auf der Hut, hörst du? Manchmal weiß ich nämlich nicht, was in dem Kopf von dem Typ so vor sich geht.«

»Na ja, es ist eben nicht jeder so leicht zu durchschauen wie du.«

Ama lachte kläglich. Dann zog er mich aus, legte mich auf den Bauch und streichelte die ganze Zeit meinen Rücken und bedeckte ihn mit Küssen.

»Morgen wird hier ein Drache drauf tanzen.«

»Und ein Kirin.«

»Eine richtige Schande, deine schöne weiße Haut zu ruinieren. Andererseits siehst du mit der Tätowierung bestimmt noch schärfer aus.«

Ama streichelte weiter meinen Rücken und drang dann von hinten in mich ein. Wie üblich ejakulierte er zwischen meinen Beinen, worauf ich – wie üblich – fluchend im Badezimmer verschwand.

Als ich rauskam, entschuldigte er sich gewohnheitsgemäß und begann mich von Kopf bis Fuß zu massieren.

Ich merkte, wie sich mein Körper entspannte. Auch mein Geist wurde mit der Zeit eingelullt. Langsam glitt ich in den Schlaf. Mein letzter Gedanke war, daß ich morgen früh, bevor ich losging, mein Zungenpiercing auf 10 g erweitern würde.

Als ich am nächsten Tag zum Desire kam, hing das *Closed*-Schild bereits an der Tür.

Draußen war es brütend heiß, so daß mein dünnes Sommerfähnchen ganz durchgeschwitzt war. Der Laden war nicht abgeschlossen. Beim Eintreten entdeckte ich Shiba-san kaffeetrinkend hinter der Theke sitzen.

»Hallo«, rief er mir gutgelaunt zu und winkte mich ins Hinterzimmer. Dort auf dem Tisch lag die Kirin-Vorlage. Er legte ein schwarzes Lederetui daneben, das er bedächtig öffnete. Darin befanden sich lauter Instrumente, von denen ich keinen blassen Schimmer hatte: ein Stock mit verschiedenen Nadeln am Ende, Tusche und anderes rätselhaftes Zeug.

»Bist du ausgeschlafen?«

»Ja, Ama hat mich getriezt und schon um acht ins Bett geschickt.«

Grinsend breitete Shiba-san ein Laken auf der Liege aus.

»Zieh dich aus und leg dich mit dem Kopf zur Kommode«, sagte er, ohne aufzusehen. Er war damit beschäftigt, Nadeln und Tusche zurechtzulegen.

Ich zog mein Kleid aus, löste den BH und legte mich in Seitenlage auf die Liege.

»Heute tätowiere ich die Grundzüge. Damit ist die Form endgültig festgelegt. Falls du noch Änderungen wünschst, dann laß es mich jetzt wissen, ja?«

»Ich habe nur eine einzige Bitte: Ich möchte, daß weder der Kirin noch der Drache Augen bekommen.«

Shiba-san schien für einen Moment lang sprachlos und fragte dann irritiert: »Du meinst, ich soll keine Pupillen zeichnen?«

»Genau, auch keine Augäpfel.«

»Wieso?«

»Kennst du nicht die Legende von *Garyôtensei*? Als Choyôsô, der Maler, dem Drachen Augen zeichnete, ist der zum Leben erwacht und ihm davongeflogen.«

Shiba-san nickte nachdenklich und hob den Blick zur Decke, bevor er mich anschaute.

»Verstehe. Geht klar. Ich werde bei beiden die Pupillen weglassen. Aber damit das Gesicht ausgewogen erscheint, muß ich das Grün der Augenkontur wenigstens schattieren, um den nötigen Akzent zu setzen. Einverstanden?«

»Das ist okay. Ich danke dir, Shiba-san.«

»Du bist ein selbstsüchtiges Frauenzimmer«, sagte er, während er sich neben mich auf einen Hocker setzte und meine Wange streichelte. Dann nahm er einen Rasierer und entfernte den Flaum von meiner linken Schulter bis hinunter zur Hüfte, desinfizierte die Partie mit einem Gazetuch und zeichnete die Umrisse der Vorlage mit Hilfe von Pauspapier auf meine Haut. Danach holte er einen Spiegel, um mir das Ergebnis zu zeigen, und fragte mich, ob es mir gefalle. Als ich zustimmte, wühlte er in seinem Etui und fischte schließlich ein Instrument heraus, das aussah wie ein Kugelschreiber mit Knauf. Wahrscheinlich handelte es sich um das Gerät zum Tätowieren.

Ich wandte ihm mein Gesicht zu und streckte die Zunge heraus:

»Hier, schau mal, ich habe es schon auf 10 g geweitet.«

Shiba-san antwortete mir mit einem ungewohnten Lächeln:

»Oh, das entwickelt sich ja gut. Aber trotzdem sei vorsichtig, nur nichts erzwingen. Du kannst die Zunge nicht mit den Ohren vergleichen. Die Schleimhaut entzündet sich leicht, und dann wird's kritisch.«

»Verstehe«, erwiderte ich und schürzte die Lippen. Shiba-san strich sanft über meinen Schmollmund.

»Das hat doch bestimmt weh getan, oder?«

Ich bejahte seine Frage, worauf er erneut meinen Kopf tätschelte.

»Also, dann legen wir mal los.«

Shiba-san legte seine Hand auf meinen Rücken. Sie fühlte sich kalt an, denn er hatte sich inzwischen Gummihandschuhe übergezogen.

Ich nickte zustimmend. Kurz darauf verspürte ich einen stechenden Schmerz auf meiner Haut. Es war zwar nicht so schlimm wie befürchtet, aber sobald die Nadel ins Fleisch stach, zuckte ich jedesmal zusammen.

»Atme einfach tief aus, wenn ich steche, und wieder ein, wenn ich die Nadel absetze.«

Ich befolgte seine Anweisung, und so gelang es mir, den Schmerz zu ertragen. Shiba-san tätowierte Punkt für Punkt die Zeichnung auf meinen Rücken, bis endlich zwei Stunden später die Grundzüge beider Fabelwesen vollendet waren. Die ganze Zeit über sprach er kein einziges Wort. Hin und wieder schaute ich flüchtig zu ihm auf, doch er war völlig vertieft in seine Arbeit und bemerkte nicht einmal den Schweiß, der ihm von der Stirn tropfte. Nachdem er den letzten Nadelstich gesetzt hatte, tupfte er meinen Rücken mit einem Handtuch ab. Dann streckte er sich und massierte sich den Nacken.

»Ganz schön tough, du scheinst Schmerzen wirklich gut ertragen zu können. Die meisten jammern beim ersten Mal fürchterlich rum und schreien unentwegt *Auaaua*.«

»Hm, ich bin halt unempfindlich. Frigide, könnte man auch sagen.«

»Das kann ja wohl nicht sein! Neulich hast du jedenfalls ganz schön rumgestöhnt.«

Shiba-san zündete eine Zigarette an und nahm einen tiefen Zug, bevor er sie mir in den Mund schob. Dann holte er eine weitere aus dem Päckchen und rauchte sie selbst.

»Wie lieb du sein kannst«, zog ich ihn auf, worauf er lachte und meinte, der erste Zug sei sowieso der geilste.

»Finde ich nicht. Der zweite ist viel besser.«

Shiba-san grinste bloß, ohne weiter darauf einzugehen.

»Na, hast du Lust verspürt, mich zu töten?«

»Klar! Um mich davon abzulenken, habe ich mich voll und ganz auf das Tätowieren konzentriert.«

Ich lag immer noch bäuchlings auf der Liege und schnippte die Asche von der Zigarette in den Aschenbecher vor mir. Sie fiel widerstandslos ab und zerstob beim Aufprall in kleine Partikel, die sich rundherum zerstreuten.

»Falls du also einmal beschließt zu sterben, dann laß mich dich töten«, sagte er und legte seine Hand auf meinen Nacken. Ich lachte kurz auf und willigte mit einem Nicken ein. Er lächelte zurück und fragte: »Darf ich danach deinen Leichnam schänden?«

»Mir ist schnuppe, was mit meinem Körper geschieht, wenn ich tot bin«, entgegnete ich mit einem gleichgültigen Schulterzucken. Tote reden nicht.

Und was ist sinnloser, als sich nicht mehr äußern zu können? Insofern schien es mir völlig schleierhaft, warum die Leute Unsummen für Grabsteine ausgaben. Ich jedenfalls hatte kein Interesse an meinem Körper, wenn er nicht mehr von meinem Bewußtsein beseelt war. Es würde mir ebensowenig ausmachen, wenn Hunde meinen Leichnam fraßen.

»Aber ohne dein leidendes Gesicht würde ich wahrscheinlich gar keinen hochkriegen.«

Shiba-san griff in meine Haare und zog mich zu sich ran. Meine Halsmuskeln spannten sich von der abrupten Bewegung. Als Shiba-san mein schmerzverzerrtes Gesicht erblickte, packte er mich am Kinn und drehte es zu sich hoch.

»Willst du mir einen blasen?«

Ich nickte unwillkürlich. Derart überwältigt, vermochte ich weder ja noch nein zu sagen. Ich richtete mich auf und griff nach seinem Gürtel. Shiba-san packte meinen Hals und würgte mich so fest, daß ich meinte, er würde mich jetzt umbringen.

Dann nahm er mich von hinten, wohl um meinen Rücken zu schützen. Auch nachdem er längst gekommen war, ruhte sein Blick noch eine Weile auf meinem Rücken.

Den BH zog ich nicht an, da der Verschluß bestimmt auf dem wunden Tattoo scheuern würde. Ich streifte lediglich mein Kleid über. Shiba-san saß mit nacktem Oberkörper da und schaute mich unverwandt an. Ich suchte nach einem Mülleimer, um das Papiertuch, mit dem ich das Sperma abgewischt hatte, wegzuwerfen, als ich plötzlich ein leises Geräusch vernahm. Shiba-san schien es ebenfalls gehört zu haben, denn er schaute überrascht in Richtung Laden.

»Kundschaft? Hast du denn nicht abgeschlossen?«

»Hab ich total vergessen. Aber das *Closed*-Schild hängt an der Scheibe.«

Er hatte kaum zu Ende gesprochen, als die Ladentür aufging.

»Lui? Ich bin's!«

»Ah, wir sind gerade fertig geworden. Mußt du gar nicht arbeiten?« fragte Shiba-san mit gespielter Unschuld. Nicht auszudenken, wenn Ama zehn Minuten früher aufgekreuzt wäre.

»Ich habe einfach gesagt, ich hätte Verstopfung, und durfte dann eher Schluß machen.«

»Wie?! Die lassen dich echt wegen so was wie Verstopfung weg?«

Ungläubig schüttelte ich den Kopf.

»Na ja, erfreut war mein Chef nicht gerade darüber, aber was soll's?«

Ama, der meinen sarkastischen Tonfall offenbar überhört hatte, grinste naiv. Ich stopfte das Kleenex unauffällig unter das Laken. Als Ama mein Tattoo erblickte, flippte er vor Begeisterung aus.

»Mensch, das sieht ja irre aus«, schrie er und bedankte sich bei Shiba-san.

»Sag mal, Kumpel, du hast doch hoffentlich nichts mit meiner Kleinen angestellt?«

»Sei unbesorgt, ich steh nicht auf Klappergestelle.«

Ama wirkte erleichtert.

»Äh, warum ...?« begann er und blickte mich fassungslos an. Schuldbewußt sah ich zu ihm hin. Shiba-san schien es ähnlich zu ergehen, denn ich bemerkte, wie er die Stirn runzelte.

»Wieso haben der Drache und der Kirin keine Augen?«

Erleichtert seufzte ich auf.

»Ich habe darum gebeten«, sagte ich. Dann gab ich ihm die gleiche Erklärung wie zuvor Shiba-san.

»Verstehe«, erwiderte Ama mit einem bekräftigenden Nicken.

»Aber mein Drache hat Augen und ist trotzdem nicht davongeflogen.«

Ich gab ihm einen Klaps auf den Kopf für seine blöde Bemerkung und sein albernes Grinsen, dann streifte ich den Träger meines Kleides wieder hoch.

»Eine Zeitlang nicht baden und beim Duschen aufpassen, daß da kein Wasser rankommt. Wenn du dich mit dem Handtuch abtrocknest, die Stelle keinesfalls rubbeln. Zweimal am Tag desinfizieren, und danach am besten eine Heilcreme auftragen. Und möglichst nicht dem Sonnenlicht aussetzen. Nach einer Woche wird sich Schorf bilden. Den keinesfalls abkratzen. Sobald der Schorf abgefallen und die Schwellung zurückgegangen ist, machen wir weiter. Melde dich, wenn der Schorf ab ist.«

Shiba-san klopfte mir sanft auf die Schulter.

»Okay«, erwiderten Ama und ich wie aus einem Munde. Typisch Ama!

»Wollen wir zusammen was essen gehen?« fragte er nun Shiba-san, der jedoch ablehnte. So früh am Tag würde er noch nichts runterkriegen. Ich verließ mit Ama den Laden. Auf dem Heimweg versuchte ich angestrengt, einen Blick auf meinen Rücken zu erhaschen, wo der Drache und der Kirin tanzend aus dem Ausschnitt meines Kleides hervorlugten. Ich bemerkte, daß Ama mich mißtrauisch musterte, und sah ihn fragend an. Doch Ama schaute weg und schmollte. Seine Schweigsamkeit machte mich wütend, und ich beschleunigte mein Tempo, bis ich einen halben Schritt vor ihm lief. Ama faßte mich an der Hand, immer noch mit eingeschnappter Miene, und zog mich an seine Seite.

»Sag mal, Lui, wieso hast du heute ein Kleid angezogen? Du warst beim Tätowieren doch bis auf den Slip völlig nackt, oder?«

Ich strafte seine idiotische Bemerkung mit einer verärgerten Grimasse. Ama schaute mit finsterer Miene zu Boden.

»Ich dachte, ein luftiges Kleid wäre hinterher angenehmer auf der Haut als ein enges T-Shirt.«

Wortlos, mit hängendem Kopf lief Ama weiter, während er den Griff um meine Hand verstärkte.

Als wir an einer roten Ampel stehenblieben, sah er mich schließlich an.

»Sag mal, findest du mich eigentlich peinlich?«

Er war so niedergeschlagen, daß ich sogar fast ein

wenig Mitleid mit ihm empfand. Es brach mir das Herz, wenn jemand sich so voller Leidenschaft einem anderen auslieferte.

»Ein bißchen schon«, beantwortete ich seine Frage. Er lächelte beklommen. Ich schickte ihm ein mildes Lächeln zurück, worauf er mich stürmisch umarmte. Da wir mitten auf einer belebten Geschäftsstraße standen, glotzten die Passanten natürlich neugierig zu uns herüber.

»Findest du Typen, die sich lächerlich machen, denn blöd?«

»Irgendwie schon.«

Ama preßte mich so fest an sich, daß mir fast die Luft wegblieb.

»Verzeih mir! Aber du weißt es doch längst: Ich liebe dich, Lui!«

Als Ama seine Umklammerung schließlich löste, sah ich, daß seine Augen rot unterlaufen waren wie bei einem Junkie. Ich strich ihm über den Kopf, und er lachte kindisch.

An diesem Tag ließ ich mich vollaufen, bis ich buchstäblich aus den Latschen kippte. Ama machte es ja ohnehin Spaß, sich um mich zu kümmern. Seit dem Vorfall in Shinjuku war nun ein Monat vergangen, und Ama war immer noch an meiner Seite.

Es wird schon alles glattgehen, versuchte ich mir einzureden, um mein Gewissen zu beruhigen. Bald würde die Tätowierung vollendet und meine Zunge gespalten sein. Was, fragte ich mich, würde mir wohl dann einfallen? Ich dachte darüber nach, daß ich eigenmächtig etwas veränderte, was sich bei einem normalen Lebenswandel aller Voraussicht nach nicht verändern würde. Versündigte ich mich mit meinen Eingriffen gegen Gott, oder waren sie bloß Ausdruck meines Egos? Ich hatte nie etwas als mein Eigentum besessen, mich um nichts und niemanden gekümmert, noch irgend jemanden für irgend etwas verantwortlich gemacht. Und ich ahnte, daß auch die Tätowierung, die Schlangenzunge und meine Zukunft keine Bedeutung haben würden.

Vor vier Monaten hatte Shiba-san mein Tattoo entworfen. Nach nur vier Sitzungen war es vollendet. Er hatte mich am Ende jeder dieser Prozeduren gefickt. Völlig untypisch wischte er mir nach der letzten Sitzung das Sperma vom Bauch.
»Ich sollte das Tätowieren an den Nagel hängen«, murmelte er kaum hörbar und schaute dabei versonnen zur Decke. Es gab keinen Grund für mich, ihn abzulenken, also schwieg ich und zündete mir eine Zigarette an.
»Ich bin am Überlegen, ob ich nicht eine feste Beziehung eingehen sollte, so wie Ama.«
»Und was hat das damit zu tun, daß du nicht mehr tätowieren willst?«
»Vielleicht sollte ich einen Neuanfang machen. Jetzt, wo ich den superschärfsten Kirin aller Zeiten geschaffen habe, kann ich ohne Bedauern aufhören.« Er strich sich über den Kopf und seufzte. »Na ja, ist wahrscheinlich Quatsch! Scher dich nicht

weiter darum. Ich fasle ständig davon, meinen Beruf zu wechseln.«

Shiba-san saß mit nacktem Oberkörper da, und der entblößte Kirin auf seinem Arm sah mich mit kühnem Blick an, wie ein Herrscher, der über sein Reich wachte.

Im Laufe der Monate hatten meine beiden Fabelwesen Schorf gebildet, und als sie ihn am Ende abwarfen, waren sie vollkommen mit mir verschmolzen. Nun waren sie mein Eigentum – so kamen sie mir vor. Doch ich hatte ständig neue Wünsche und wollte immer sofort alles in meinen Besitz bringen. Aber solch ein Besitz ist eigentlich eine trostlose Angelegenheit. Alles, was man erlangt, was man sein eigen nennt, gerinnt zur Selbstverständlichkeit. Die Begeisterung dafür, das Begehren, das vorher da war, erlischt sofort. Man will dies, man will das, und all der Krempel – Klamotten, Taschen und so weiter – verkommt sofort, nachdem man es erworben hat, zu einem bloßen Exemplar der Sammlung. Man trägt das Zeug ein paarmal, und schon hat es den Reiz des Neuen eingebüßt. Mit der Ehe ist es wohl nicht anders, auch hier geht es darum, den anderen zu besitzen. Und selbst wenn man nicht verheiratet ist, neigen doch die Typen im Laufe der Beziehung dazu, herrisch zu werden – gemäß dem Sprichwort »Einen Fisch an der Angel braucht man nicht zu füttern«. So läuft das doch. Und was, wenn dem Fisch das Futter ausgeht? Dann hat er lediglich die Wahl zwischen zwei Möglichkeiten: entweder zu verrecken oder zu flüchten. Besitz ist eine heikle Angelegenheit, und trotzdem wollen wir Dinge und Menschen für uns haben. Wahrscheinlich trägt jeder von uns beide Komponenten in sich: einen Sado- und einen Maso-Anteil. Für mich jedenfalls werden Drache und Kirin, die jetzt auf meinem Rücken tanzen, für immer unzertrennlich zu mir gehören, ohne daß einer den anderen hintergeht. Sie werden mich nie betrügen, und ich werde sie niemals betrügen. Wenn ich ihre blicklosen Gesichter im Spiegel betrachte, fühle ich mich sicher, denn ich weiß, daß sie ohne Augen niemals fortfliegen können.

Das Loch in meiner Zunge, das vor dem Tätowieren erst bei 10 g angelangt war, hatte ich inzwischen auf 6 g vergrößert. Aber jedesmal beim Weiten tat es so weh, daß ich glaubte, mehr sei nicht drin. An jedem Tag nach dem Dehnen mit einem größeren Stift war meine Zunge völlig geschmackstaub. Der anhaltende Schmerz machte mich so gereizt, daß ich meinen ganzen Unmut an Ama ausließ. Es war immer dasselbe: Vor lauter Selbstsucht wurde ich gemein und ließ meinem Ärger freien Lauf. An solchen Tagen wünschte ich jedem den Tod. Meine Intelligenz und mein Wertesystem rutschten ab auf das Niveau von Affen.

Draußen war es kalt und grau. Die zweite Dezemberwoche war angebrochen, und man konnte die trokkene Luft förmlich riechen, sobald man aus der Tür trat. Als Gelegenheitsarbeiterin, die mal hier und dort jobbte, hatte ich jegliches Gefühl für Wochentage verloren. Seit über einem Monat hatte ich mein Tattoo, und es schien alle Energien aus mir herausgezogen zu haben. Ich redete mir ein, daß es an der Kälte lag. Tag für Tag betete ich darum, die Zeit möge schneller vergehen, obwohl es keinen Unterschied machte, denn der nächste Tag brachte auch keine Lösung. Zumal es eigentlich nicht mal irgendwelche Probleme gab. Und dennoch fühlte ich mich schlapp. Morgens nach dem Aufstehen legte ich mich meistens noch mal hin, sobald Ama aus dem Haus war. Ich jobbte gelegentlich, hatte Sex mit Shiba-san und traf mich ab und zu mit Freunden, doch was ich auch tat, es laugte mich aus. Abends, wenn Ama heimkam, gingen wir anschließend raus, um noch einen Happen zu essen und was zu trinken. Zu Hause ging die Sauferei dann weiter. Ich fragte mich, ob aus mir bereits eine Alkoholikerin geworden war. Ama machte sich auch schon unentwegt Sorgen wegen meiner Lustlosigkeit. Er gab sich gezwungen gut gelaunt, um mich mitzureißen, oder quasselte mich voll wie ein Maschinengewehr. Wenn ich dann weiterhin in düsterer Stimmung verharrte, brach er plötzlich in Tränen aus. Pathetisch warf er mir vor, wie frustriert und bekümmert er sei, und fragte mich beleidigt, wieso ich ihm das antäte.

Wenn ich ihn so erlebte, regte sich in mir ein leiser Impuls, auf seine Gefühle einzugehen, doch jedesmal wurde eine solche Anwandlung von einer

Woge an Selbstverachtung niedergeschmettert. Es gab keinen Lichtblick weit und breit. In meinem Kopf, in meinem Leben herrschte tiefe Finsternis. Auch für meine Zukunft sah ich schwarz. Ich hatte die Vision ganz klar vor Augen: Irgendwann würde ich in der Gosse enden. Und das Schlimme daran war, daß ich nicht mal mehr die Energie aufbrachte, diese Vorstellung mit einem Lachen zu verscheuchen. Bevor ich Ama kennenlernte, war ich jederzeit bereit gewesen, meinen Körper zu verschachern, wenn es denn nötig gewesen wäre, um mich am Leben zu halten. Doch jetzt brachte ich nichts weiter zustande, als bloß zu essen und zu schlafen. Inzwischen würde ich lieber verrekken, als mit einem dieser stinkenden alten Kerle ins Bett zu gehen. Was mochte wohl besser sein: sich zu prostituieren, um zu überleben, oder lieber zu sterben, wenn es soweit kommen sollte? Theoretisch war sicher die zweite Alternative zuträglicher für die Gesundheit, aber was nützte das dann noch? Einer Toten würde sowieso alles scheißegal sein. Demnach war also die erste Möglichkeit vorzuziehen, zumal sexuell aktive Frauen bekanntlich einen frischeren Teint haben sollen. Aber eigentlich kümmerte es mich ohnehin nicht, ob ich gesund lebte oder nicht.

Mein Zungenpiercing war nun bei 4 g angelangt. Diesmal hatte es schweinisch geblutet. Ich brachte an dem Tag keinen Bissen herunter, füllte mich statt dessen nur mit Bier ab. Ama warnte mich zwar, daß ich beim Piercen zu forsch vorgehen würde, aber ich hatte es eben eilig. Ich war zwar keine todgeweihte Krebspatientin, aber dennoch hatte ich das Gefühl, die Zeit läuft mir davon. Manchmal im Leben ist es wahrscheinlich notwendig, Dinge voranzutreiben.

»Sag mal, Lui, hast du schon mal den Gedanken gehabt, sterben zu wollen?« fragte mich Ama eines Abends aus heiterem Himmel, nachdem wir wie üblich essen gegangen waren und im Anschluß zu Hause noch ein paar Biere gekippt hatten.

»Ständig«, erwiderte ich leise.

Ama stierte geistesabwesend auf sein volles Bierglas und stieß dann einen Seufzer aus.

»Ich würde es nicht zulassen, daß jemand Hand an dich legt. Falls du Selbstmord begehen willst, dann laß es mich für dich tun. Ich könnte es nicht ertragen, wenn jemand anderes als ich über dein Leben verfügt.«

Amas Worte ließen mich an Shiba-san denken. Ich überlegte, wem von beiden ich mich anvertrauen würde, wenn die Sehnsucht zu sterben überhandnähme. Ich dachte an das Desire und beschloß, am nächsten Tag hinzugehen. Sobald ich den Entschluß gefaßt hatte, merkte ich, wie ein Fünkchen Lebenskraft in mir aufflackerte.

Nachdem Ama sich am nächsten Tag mittags auf den Weg zur Arbeit gemacht hatte, schminkte ich mich für meinen geplanten Besuch. Ich war gerade damit fertig und im Begriff, mich bei Shiba-san zu melden, als er selbst anrief, so als hätte er meine Gedanken gelesen.

»Ja?«

»Ich bin's. Können wir reden?«

»Klar. Ich wollte dich gerade anrufen, um bei dir vorbeizukommen. Was ist denn?«

»Na ja, es geht um Ama.«

»Äh?«

»Weißt du zufällig, ob er im Juli in irgendeine Sache verwickelt war?«

Mir schnürte sich die Brust zusammen. Seine Frage rief mir die Szene ins Bewußtsein, wie Ama auf den Typen eingedroschen hatte.

»Ich weiß von nichts. Wieso fragst du?«

»Die Bullen tauchten plötzlich bei mir auf und verlangten nach einer Liste der Kunden, die ich tätowiert habe. Sie wollten wissen, wer sich von denen ein Drachentattoo hat machen lassen. Ich führe nur eine Liste mit Neukunden, auf der Ama nicht steht. Also werden sie ihn nicht verdächtigen, aber dennoch ...«

»Er hat doch gar nichts verbrochen. Ich war die ganze Zeit über mit ihm zusammen.«

»Glaube ich ja auch nicht. Sorry! Ist ja nur, weil sie rotes Haar erwähnt haben. Du weißt, er hatte doch bis vor kurzem rote Haare. Deshalb war ich etwas beunruhigt.«

»Aha«, murmelte ich und atmete tief durch. Mein Herz klopfte wie verrückt. Ich spürte das Pochen im ganzen Körper. Vor lauter Zittern konnte ich kaum das Handy halten. Sollte ich mich Shiba-san anvertrauen? Es würde mich sehr erleichtern, denn ich könnte ihn dann fragen, was er von der Sache hielte. Aber war das wirklich eine so gute Idee? Wenn ich ihm alles erzählte, würde Ama bestimmt davon erfahren. Und was würde Ama tun, wenn er hörte, daß ich den Zeitungsartikel gelesen hatte? Würde er sich stellen? Oder aus der Stadt fliehen? Obwohl ich soviel Zeit mit ihm verbracht hatte und er immer sehr leicht zu durchschauen war, hatte ich auf einmal keine Ahnung, zu was er fähig sein würde. Für mich war es völlig neu, daß jemand unter Mordverdacht stand. Was ging in jemandem vor, der eventuell einen anderen Menschen auf dem Gewissen hatte? Dachte er an seine Zukunft? An Personen, die ihm etwas bedeuteten? Sein Leben, wie es bisher verlaufen war? Es mußte ihm doch allerhand durch den Kopf gehen. Doch woher sollte ich das wissen? Ich selbst sah für mich keine Zukunft, hatte überhaupt keinen Durchblick. Es gab niemanden, der mir wichtig war. Ich ertränkte mein Dasein regelrecht in Alkohol. Das einzige, was ich wußte, war, daß Ama im Laufe der Zeit ein fester Bestandteil meines Lebens geworden war und er mir inzwischen schon etwas bedeutete.

»Lui, mach dir keinen Kopf! Ich wollte nur mal nachhaken. Kommst du denn heute vorbei?« fragte Shiba-san mit besorgter Stimme. Mein beharrliches Schweigen schien ihn zu beunruhigen.

»Ach so ... hm ... danke, ich glaube, ich laß es

lieber und bleib heute zu Hause. Vielleicht ein anderes Mal.«

»Kannst du nicht doch kommen? Bitte! Ich will mit dir reden.«

»Weiß nicht ... mal sehen, wie ich mich fühle ...«

Nach dem Telefonat tigerte ich im Zimmer umher und versuchte, meine Gedanken zu ordnen. Es machte mich jedoch so nervös, daß ich zu trinken anfing. Ich öffnete eine Flasche Sake, die Ama und ich eigentlich gemeinsam leeren wollten, und setzte zu einem großen Schluck an. Das Zeug schmeckte unerwartet gut und rann wohlig warm durch meinen Körper. Ich konnte spüren, wie sich mein leerer Magen mit der Flüssigkeit füllte. Als ich die 0,6-Liter-Pulle ausgetrunken hatte, frischte ich mein Makeup auf und verließ die Wohnung.

»Guten Tag.«

»Hey, wieso so förmlich?« wunderte sich Shibasan, als er mich in der Tür erblickte. »Kummer?«

Seinen sarkastischen Gesichtsausdruck erwiderte ich mit einem ebenso trockenen Lächeln. Als ich auf den Tresen zuging, stieg mir der beißende Geruch eines Räucherstäbchens, das neben der Kasse abbrannte, in die Nase. Ich mußte mich fast übergeben.

»Nein, jetzt mal im Ernst, mit dir stimmt doch was nicht.«

»Was soll denn sein?«

»Wann haben wir uns das letzte Mal gesehen?«
»Vor zwei Wochen, glaube ich, oder?«
»Sag mal, wieviel Kilo hast du seitdem abgenommen?«
»Keine Ahnung. Bei Ama gibt's keine Waage.«
»Du siehst richtig magersüchtig aus, und leichenblaß im Gesicht. Außerdem hast du eine Fahne.«

Ich erblickte mein Spiegelbild in der Glasscheibe der Vitrine. Es stimmte. Ich sah aus wie ein Insekt. Einfach entsetzlich! In solch krankhaften Zustand konnte man also geraten, wenn der Lebenswille erlosch. Genaugenommen hatte ich mich in letzter Zeit nur von Alkohol ernährt. Abgesehen von kleinen Snacks zum Drink. Wann hatte ich eigentlich das letzte Mal etwas Vernünftiges gegessen? Ich fand das alles nur noch absurd und prustete laut los. Meine Schultern bebten vor Lachen.

»Gibt Ama dir nichts zu essen?«
»Ama fleht mich dauernd an, ich solle endlich was zu mir nehmen. Aber mir reicht es, wenn ich was zum Trinken habe.«
»Wenn du so weitermachst, wirst du verhungern. Willst du dich umbringen?«
»Nee, hab ich nicht vor«, entgegnete ich und ging an Shiba-san vorbei ins Hinterzimmer.
»Ich geh uns was holen. Was willst du essen?«
»Hm ... bring mir Bier mit.«
»Bier steht im Kühlschrank. Irgendwas anderes?«
»Shiba-san, hast du schon mal einen Menschen getötet?«

Er warf mir einen kurzen scharfen Blick zu, der mich schmerzhaft durchfuhr.

»Nun ja«, murmelte er und strich mir dabei über den Kopf. Ich wußte nicht, was mich plötzlich so traurig stimmte, aber mir rannen Tränen übers Gesicht.

»Was war das für ein Gefühl?«

»Ein tolles Gefühl«, erwiderte er, als hätte ich ihn gefragt, wie er das Bad empfunden hätte. Ich sprach offenbar mit der falschen Person.

»Aha«, sagte ich leise und bereute, daß ich angefangen hatte zu heulen.

»Zieh dich aus!«

»Wolltest du nicht was besorgen?«

»Dein verheultes Gesicht macht mich geil.«

Ich zog mich bis auf die Unterwäsche aus und streckte ihm meine Arme entgegen. Shiba-san trug heute entgegen seiner Gewohnheit ein weißes Hemd über grauen Hosen. Er löste seinen Gürtel und trug mich zur Liege. Mein Unterleib reagierte auf seinen kalten herablassenden Blick wie ein Pawlowscher Hund. Überall fühlte ich seinen Schwanz, seine Finger in meinem Fleisch stochern. Ich stöhnte vor Lust und Schmerz. Jedesmal wenn wir Sex hatten, wurden Shiba-sans dürre Finger grausamer. Wollte er damit seine Liebe beweisen? Wenn das so weiterging, würde er mich wohl irgendwann töten.

Als wir fertig waren, blieb ich liegen, während er sich neben mich setzte und sich eine Zigarette anzündete.

»He, willst du mich nicht heiraten?«

»War es das, worüber du mit mir reden wolltest?«

»Na ja, was ich sagen wollte: Du bist Ama nicht gewachsen, und er dir genausowenig. Ihr seid nicht füreinander geschaffen, eure Beziehung ist unausgewogen.«

»Und deswegen soll ich dich heiraten?«

»Na ja, nicht deswegen. Das hat damit nichts zu tun. Mir ist irgendwie danach: Ich will einfach heiraten.«

Shiba-san redete über diese doch eher bemerkenswerte Sache in einem völlig unbeteiligten Ton. *Mir ist irgendwie danach – nach heiraten.* Ein ziemlich vager Antrag. Ohne meine Antwort abzuwarten, stand er auf und zog sich an. Dann ging er rüber zum Schreibtisch und holte etwas metallisch Klirrendes heraus.

»Hier, den Ring habe ich schon mal angefertigt.«

Er überreichte mir einen robusten Klopper aus Silber. Er reichte vom Knöchel bis hoch zum Fingernagel. Es war ein wahres Punk-Monstrum, aber raffiniert gearbeitet. Der Schmuck besaß Gelenke, so daß man den Finger gut bewegen konnte. Ich steckte ihn mir an den Zeigefinger meiner rechten Hand.

»Den hast du gemacht?«

»Ja, so was mache ich nebenbei, als Hobby sozusagen. Na ja, auch wenn es nicht so deinem Geschmack entspricht.«

»Nun ja ... hm ... ganz schön robust, das Ding«,

lachte ich, was Shiba-san ebenfalls ein Lächeln entlockte. »Danke«, sagte ich und gab ihm einen Kuß.

Shiba-san zog eine unwillige Grimasse und verließ das Zimmer mit den Worten, er wolle kurz was einkaufen.

Als er weg war, entsann ich mich seiner Bemerkung, meine Beziehung zu Ama sei unausgewogen. Was sollte das überhaupt heißen? Inwiefern konnte eine Beziehung denn ausgewogen sein? In meiner Lethargie versuchte ich mir die Möglichkeit einer Ehe vorzustellen. Es erschien mir völlig abwegig. Genauso irreal wie meine Gedanken in diesem Moment, wie die Umgebung vor meinen Augen, wie die Zigarette, die ich zwischen Zeige- und Mittelfinger hielt. Ich hatte das Gefühl, ganz woanders zu sein, so als würde ich mich aus der Ferne betrachten. Es gab nichts, an das ich glauben konnte; nichts, was ich empfinden konnte. Das einzig wahre Gefühl, am Leben zu sein, hatte ich immer nur dann, wenn ich Schmerzen erlitt.

Shiba-san kam mit einer Plastiktüte aus dem Supermarkt zurück.

»Hier, das wird jetzt gegessen. Wenigstens ein paar Bissen, hörst du?«

Er plazierte vor mir ein Fertiggericht mit Schweinekotelett und eins mit Rindfleisch.

»Welches willst du?«

»Gar keins. Kann ich ein Bier haben?«

Ich hatte mich bereits erhoben, bevor er etwas erwidern konnte, und holte mir eine Flasche aus dem Kühlschrank. Dann setzte ich mich auf den Alustuhl neben dem Schreibtisch und trank in einem Zug. Shiba-san schaute mich an, als hielte er mich für einen hoffnungslosen Fall.

»Na schön, mach, was du willst, ich nehm dich auch so. Also, wenn du Lust hast, heirate mich.«

»Na klar«, sagte ich gutgelaunt und leerte die Flasche.

Bevor es dämmerte, machte ich mich auf den Heimweg. Draußen blies ein kalter Wind. Wieviel Zeit zu leben blieb mir noch? Es dauerte bestimmt nicht mehr lange – das konnte ich fühlen. Als ich in die Wohnung kam, weitete ich das Piercing auf 2 g. Es blutete, als ich den Stift in die Zunge preßte. Vor lauter Schmerz stiegen mir Tränen in die Augen. Wieso machte ich das überhaupt? Wenn Ama das mitbekam, würde es sofort wieder Streit geben. Um den Schmerz zu ertragen, kippte ich noch ein Bier.

In dieser Nacht kehrte Ama nicht zurück. Es mußte etwas geschehen sein, dessen war ich mir sicher. Solange wir zusammen waren, war es nicht ein einziges Mal vorgekommen, daß er wegblieb. Er war doch über alle Maßen zuverlässig und ließ mich nie im Stich, wenn ich auf ihn wartete. Wenn er hin und wieder später von der Arbeit kam, weil er mit den Kollegen noch ausgegangen war, rief er jedesmal an, um mir Bescheid zu sagen.

Ich versuchte ihn mehrmals über sein Handy zu erreichen, aber es meldete sich immer sofort der Anrufbeantworter. Die ganze Nacht über blieb ich wach und hatte am nächsten Morgen dunkle Ringe unter den Augen. Und nun? Was sollte ich jetzt machen? Wo trieb sich Ama nur herum? Wieso ließ er mich hier sitzen? Was dachte er sich eigentlich dabei? Eine Vorahnung überkam mich: als würde etwas still und leise zu Ende gehen.

»Ama!«

Mein verzweifelter Schrei gellte durch das Zimmer – ein Zimmer ohne Ama. Ich habe doch meine Zunge jetzt auf 2 g getrimmt. Freu dich mit mir! Lache und freu dich, daß ich nun auch bald eine Schlangenzunge habe! Ärgere dich darüber, daß ich mich mal wieder eigenmächtig habe vollaufen lassen!

Irgendwann stoppte ich das Gedankenkarussell, raffte mich auf und verließ kurz entschlossen die Wohnung.

»Man kann doch auch eine Vermißtenanzeige aufgeben, ohne mit der Person verwandt zu sein, oder?«

»Ja, das kann man.«

Die blasierte Haltung des Beamten brachte mich auf die Palme.

»Ach ja, vergessen Sie nicht, ein Foto mitzubringen, wenn Sie die Anzeige machen wollen.«

Ohne zu antworten, verließ ich das Polizeirevier. Ich lief zügig, aber ziellos durch die Gegend. Plötzlich hielt ich inne. O Gott! Ein erschreckender Gedanke durchfuhr mich.

»Ich kenne ja nicht mal Amas richtigen Namen«, hauchte ich leise. Mit einem Schlag wurde mir der Ernst der Lage klar. Wenn ich seinen Namen nicht wußte, konnte ich auch keine Vermißtenanzeige aufgeben. Ich hob den Kopf und ging weiter.

Shiba-san starrte mich in meiner Verzweiflung mit einem gewissen Erstaunen an.

»Wie heißt Ama richtig?«

»Äh? Wie? Was soll das denn jetzt?«

»Ama ist nicht nach Hause gekommen. Ich muß ihn als vermißt melden.«

»Wie, du kennst nicht mal seinen Namen?«

»Nein!«

»Obwohl ihr zusammenlebt?«

»Ja, ich weiß ...«

Meine Augen füllten sich mit Tränen.

»Hör auf zu weinen. Du mußt doch seinen Namen irgendwo gesehen haben, auf dem Türschild, auf Briefen oder sonstwo ... normalerweise«, sagte er, sichtlich beeindruckt von meinen Tränen, denn er beobachtete mich, als würde sich vor seinen Augen ein richtiges Drama abspielen.

»Ama hat kein Namensschild an der Tür, und der Briefkasten ist dermaßen mit Werbung vollgestopft, daß er ihn gar nicht mehr aufmachte.«

»Gestern ist er wie üblich zur Arbeit gegangen und dann nachts nicht nach Hause gekommen, ja?«

»Genau, er ist nach der Arbeit nicht mehr heimgekehrt.«

»Was machst du für ein Theater? Eine Nacht, ich bitte dich! Bleib locker! Man kann doch mal einen Tag weg sein, das heißt doch noch gar nichts. Ama ist schließlich kein Kind mehr.«

Seine verständnislose Reaktion regte mich auf.

»Mann, kapier doch! Seitdem wir zusammenleben, ist Ama nicht ein einziges Mal nachts weggeblieben, ohne mir Bescheid zu sagen. Selbst wenn er sich bloß um eine halbe Stunde verspätet, ruft er mich an.«

Shiba-san erwiderte nichts und starrte auf den Tresen. Dann blickte er mich an und nuschelte: »Na ja, trotzdem ...«

Ich verstand selbst nicht so recht, weshalb ich mir solche Sorgen machte. Vielleicht hatte Shiba-san ja recht. Es bestand eigentlich gar kein Grund dazu, wenn jemand mal eine Nacht nicht nach Hause kam. Dennoch, ich mußte ihn suchen gehen. Wenn es den richtigen Zeitpunkt dafür gab, meinen Trumpf auszuspielen, dann jetzt.

»Ama hat höchstwahrscheinlich jemanden umgebracht.«

»Du meinst diesen Gangstertypen, von dem die Polizei geredet hat ...?«

»Es ist alles meine Schuld. Wenn ich diesen Kerl einfach ignoriert hätte, wäre Ama nicht auf ihn losgegangen. Mensch, wer hätte gedacht, daß der krepieren würde. Als ich den Zeitungsartikel las, habe ich es auch nicht für möglich gehalten, daß es sich um den gleichen Typen handelt, den Ama zusammengeschlagen hat. Ich war fest davon überzeugt, es sei jemand anderes. Daß Ama so was ...«

Shiba-san ergriff meine Hand und hielt mich fest.

»Wenn du ihn als vermißt meldest, schnappen sie ihn vielleicht. Angenommen, Ama weiß, daß er gesucht wird, und versucht zu fliehen, dann stehen die Chancen für ihn besser, wenn wir so tun, als wüßten wir von nichts.«

»Aber ich mach mir solche Sorgen um ihn. Es tut so weh, nicht zu wissen, wo er steckt, was er treibt, was in ihm vorgeht. Ama ... Ama würde niemals alleine fliehen, das kann ich mir nicht vorstellen. Er hätte sonst garantiert was zu mir gesagt. Er hätte mich ganz bestimmt mitgenommen.«

»Na gut! Dann los!«

Shiba-san machte seinen Laden dicht, und wir gingen zum Polizeirevier. Dort gab er routiniert eine Vermißtenanzeige auf und legte ein Foto vor, das Ama mit nacktem Oberkörper zeigte.

»Ich wußte gar nicht, daß du ein Bild von ihm hast.«

»Äh? Ach so, ja, die Aufnahme haben wir aus Quatsch gemacht, als ich ihm den Drachen tätowierte.«

»Kazunori Amada ... ja?« vergewisserte sich der Beamte, den Blick auf das Anzeigeformular gerichtet. Zum ersten Mal hörte ich Amas richtigen Namen. Also nicht Amadeus. Sollte ich ihn wiedersehen, würde ich ihm das als erstes unter die Nase reiben. Bei dem Gedanken stiegen mir Tränen in die Augen. Ich konnte sie nicht länger zurückhalten und ließ ihnen freien Lauf. Obwohl ich dabei ganz ruhig blieb, tropften sie mir von den Wangen, als wären meine Tränendrüsen defekt.

»Bist du okay?« fragte Shiba-san und strich mir über das Haar, was jedoch meinen Tränenfluß nicht zum Stoppen zu bringen vermochte. Mit gesenktem Kopf ging ich zum Ausgang und ließ mich auf einer Bank im Warteraum nieder, weiter vor mich hin weinend. Wieso? Warum ist er so plötzlich verschwunden? In mich zusammengekrümmt, schluchzte ich laut los. Ein Weilchen später, nachdem er die Formalitäten erledigt hatte, kam Shiba-san zu mir. Mein Blick war völlig verschleiert. Sosehr ich meine Augen auch zu trocknen versuchte, der Tränenfluß wollte nicht versiegen. Als ich mir mit dem Ärmel immer wieder über das nasse Gesicht wischte, fühlte ich mich wie ein kleines verheultes Kind. Wir nahmen uns ein Taxi, um zu Amas Apartment zu fahren.

»Ama?« rief ich an der Wohnungstür, doch es kam keine Antwort. Shiba-san streichelte mein Gesicht und trocknete meine Tränen, als ich erneut zu weinen begann. Ich setzte mich auf den nackten Holzboden und wimmerte vor mich hin. Er ließ sich auf dem Rand des Bettes nieder und sah mich prüfend an, während ich heulte.

»Warum nur?« schrie ich und schlug auf die Dielen. Es klirrte laut, als mein Zeigefinger mit dem Silberring, den ich von Shiba-san bekommen hatte, am Boden aufschlug. Der grelle Ton brachte mich noch mehr zum Weinen. Wieso? Wieso hat er mich im Stich gelassen? Als meine Tränen endlich versiegten, spürte ich Wut in mir hochkochen. Ich biß die Zähne so fest zusammen, bis mein Unterkiefer schmerzte. Hinten im Mundraum knackte es. Als ich mit der Zunge herumtastete, spürte ich, daß der morsche Backenzahn fehlte. Ich zerkaute ihn und schluckte die Brösel runter. Sollte er mein Fleisch und Blut werden. Alles sollte ein Teil von mir werden. Mit mir verschmelzen. Alles, auch Ama. Sich ihn mir einverleibend, sollte er mich für immer lieben. Besser ein Teil von mir sein, als plötzlich von der Bildfläche zu verschwinden. Dann würde ich nicht diese entsetzliche Einsamkeit erleiden. Er hatte mir doch erklärt, wie wichtig ich für ihn sei. Wieso hat er mich dann verlassen? Wieso?

Im Zimmer hallte mein ohrenbetäubendes Geschluchze. Ich öffnete die Schmuckschatulle, die ich mit Ama gemeinsam benutzte, und nahm einen Piercingstift heraus. Erst gestern hatte ich das Loch auf 2 g erweitert, so daß ein weiteres Dehnen schier unmöglich war. Trotzdem griff ich nach dem kurzen quadratischen Bolzen – der finale 0 g. Ich sah Shiba-san kreidebleich werden, als er merkte, was ich vorhatte.

»He, das ist doch der 0er. Du hast doch gestern erst den 2er reingemacht.«

Ohne mich nach ihm umzudrehen und auf seine Bemerkung einzugehen, baute ich mich vor dem Spiegel auf und entfernte den 2er-Stift. Statt dessen preßte ich nun den größeren hinein. Als er halb drinnen war, durchzuckte mich ein stechender Schmerz, doch ich drückte ihn trotzdem tiefer hinein. Shiba-san versuchte einzugreifen, aber der Stift ging glatt durch.

»Mensch, bist du wahnsinnig!?«

Shiba-san riß mir den Mund auf und prüfte ihn kritisch.

»Zeig mir die Zunge!«

Ich gehorchte. Blut tropfte auf den Boden – zusammen mit meinen Tränen.

»Nimm den Stift raus!«

Ich schüttelte den Kopf, worauf Shiba-sans Miene förmlich zusammensackte.

»Ich hab dir doch gesagt, du darfst es nicht gewaltsam weiten.«

Er drückte mich fest an sich.

Es war das erste Mal, daß er mich so umarmte. Weder ein noch aus wissend, lag ich in seinen Armen und schluckte das hervorquellende Blut hinunter.

»Nach dem 00-g-Stift werde ich sie splitten.«

Mein Gestammel wirkte genauso schmierig und schmuddelig wie Amas schludriges Lachen.

»Okay, okay«, versuchte mich Shiba-san zu beschwichtigen.

97

Ich merkte, daß ich aufgehört hatte zu weinen. Was würde Ama wohl sagen, wenn er das 0-g-Piercing in meiner Zunge sah? Er würde es bestimmt toll finden. Du hast es gleich geschafft, würde er begeistert rufen und sich mit mir freuen – ganz sicher.

Ich trank Bier und heulte mir die Augen aus dem Kopf, darauf lauernd, daß Ama zurückkam. Shiba-san, der die ganze Zeit über schwieg, beobachtete mich.

Ein weiterer Abend brach an. Im Zimmer wurde es kühl, und ich zitterte am ganzen Leib. Ohne ein Wort zu sagen, schaltete Shiba-san die Heizung an und legte mir eine Decke um, während ich reglos dahockte. Die Zunge blutete nicht mehr, doch immer wieder mußte ich weinen. Meine Gefühle schwankten, hin- und hergerissen zwischen Traurigkeit und Wut.

Es war inzwischen sieben – die Zeit, zu der Ama normalerweise von der Arbeit nach Hause kam. Alle zehn Sekunden starrte ich auf die Uhr und klappte mein Handy auf. Ich versuchte, Ama zu erreichen, doch es meldete sich immer nur die Mobilbox.

»Sag mal, weißt du zufällig, in welchem Laden Ama arbeitet?«

»Wie? Den kennst du auch nicht?« fragte Shiba-san zurück und starrte mich ungläubig an. Ja, es stimmte: Wir wußten gar nichts voneinander.

»Nein.«

»Es ist ein Secondhandshop. Das ist ja echt 'n Ding! Ihr scheint euch ja überhaupt nicht zu kennen. Das heißt, du hast dort noch gar nicht angerufen?«

»Nee.«

Shiba-san ließ sein Handy aufschnappen, tickerte die Nummer ein und hielt sich den Apparat ans Ohr. *Hallo, ich bin's. Es geht um Ama ... Aha ... Unentschuldigt gefehlt ... Und gestern? ... Verstehe. Er ist nämlich nicht nach Hause gekommen ... Ja, ich weiß auch nicht, was los ist ... Gut, wenn ich was höre, sag ich Bescheid.*

Allein den Bruchstücken der Unterhaltung konnte ich entnehmen, daß keiner etwas wußte. Seufzend legte Shiba-san auf.

»Der Typ meinte, gestern hätte Ama pünktlich Schluß gemacht, um nach Hause zu fahren. Aber heute sei er nicht erschienen, hätte sich weder krank gemeldet noch abgesagt. Der Typ hat versucht, ihn mobil zu erreichen, aber erfolglos. Jetzt ist er stinksauer. Der Ladeninhaber ist nämlich ein Bekannter von mir. Er hat Ama eigentlich nur mir zuliebe eingestellt.«

Ama war in der Tat ein unbeschriebenes Blatt für mich. Bis gestern hatte ich geglaubt, ich bräuchte nur das von ihm zu wissen, was ich mit eigenen Augen sah. Doch jetzt stellte sich meine Ignoranz als verheerendes Versäumnis heraus. Wieso hatte ich mich denn bloß nie nach seinem Namen und seinen familiären Verhältnissen erkundigt?

»Hat Ama denn keine Verwandten?« fragte ich.

»Weiß ich nicht. Vielleicht noch einen Elternteil.

Ich entsinne mich, daß er mal von seinem Vater gesprochen hat.«

»Ach so«, murmelte ich und brach erneut in Tränen aus.

»Hör mal, wollen wir nicht was essen gehen? Ich sterbe vor Hunger.«

Meine einzige Reaktion auf seinen Vorschlag war ein weiterer Weinkrampf. So war es auch immer zwischen Ama und mir gewesen: Ich wollte mich bloß mit Bier abfüllen, während er einen Mordshunger hatte und mich gewaltsam nach draußen schleppte.

»Ich bleib jedenfalls hier. Du kannst ruhig gehen.«

Shiba-san gab keine Antwort, sondern ging in die Küche und warf einen Blick in den Kühlschrank. »Mensch, hier gibt's ja nur Suff«, zischte er verächtlich und kramte gerade eine Tüte mit getrockneten Tintenfischen hervor, als sein Handy klingelte.

»He, es klingelt!« schrie ich aufgeregt und war selbst erstaunt über meine gellende Stimme. Mein Herz klopfte beängstigend, so daß ich eine Hand auf die Brust preßte, während ich sein Handy schnappte und es ihm zuwarf. Er fing es geschickt auf und nahm das Gespräch an.

»Hallo? ... Ja ... Mhm ... Ja. Hm ... Verstehe. Wir kommen sofort.«

Als er aufgelegt hatte, packte er mich an der Schulter und blickte mir fest in die Augen.

»Sie haben eine Leiche in Yokusuka gefunden.

Vielleicht ist es gar nicht Ama, aber der Tote hat ein Drachentattoo. Sie wollen, daß wir den Leichnam identifizieren.«

»... Aha.«

Ama war also tot. Der Ama, den ich in der Leichenschauhalle zu sehen bekam, war kein Mensch mehr, sondern nur noch ein toter Körper. Das lebendige Wesen Ama existierte nicht länger. Mir schwanden fast die Sinne, als ich die Aufnahmen vom Tatort erblickte. Ein netzartiges Muster war mit einem Messer oder ähnlichem tief in den Brustkorb geschnitten worden, und sein ganzer Körper war mit Brandmalen von Zigaretten übersät. Man sagte uns, ihm seien sämtliche Nägel an Fingern und Zehen gezogen worden. Auf dem Foto war er nackt, und aus seinem Penis stakte etwas, das aussah wie ein Räucherstäbchen. Das kurzgeschorene Haar war stellenweise rausgerupft, der Schädel blutverschmiert. Er hatte offensichtlich Höllenqualen erleiden müssen, bevor man ihn umbrachte. Der Mensch, der eben noch zu mir gehörte, war von einem Fremden gefoltert und ermordet worden. Noch niemals in meinem Leben hatte ich eine solche Verzweiflung erlebt. Amas Leichnam wurde dann in die Autopsie gebracht, um noch weiter zerstückelt zu werden. Ich war so benommen, daß ich nicht mal Wut empfand. Soweit ich mich entsinnen konnte, waren meine letzten Worte an ihn »Mach's gut!« gewesen, wobei ich mich zum Abschied nicht mal nach ihm umgedreht hatte, weil ich in Gedanken schon ganz bei meinem Stelldichein mit Shiba-san gewesen war.

Shiba-san stützte mich jedesmal, wenn ich anfing zu taumeln, und fing mich schließlich auf, als ich in der Leichenhalle zusammenbrach. Ich hatte recht behalten: Es gab kein Licht am Ende des Tunnels.

»He, reiß dich zusammen, Lui!«

»Laß mich!«

»Du mußt was essen!«

»Laß mich!«

»Dann leg dich wenigstens ein bißchen hin!«

»Laß mich!«

Nachdem Amas Leiche gefunden worden war, wohnte ich bei Shiba-san, der sich um mich kümmerte. Es war unsere typische Konversation.

»Das ist doch keine Unterhaltung«, beschwerte sich Shiba-san und schnalzte unwirsch mit der Zunge.

Die Autopsie ergab, daß Ama erwürgt worden war. Durch ein bestimmtes Verfahren wurde außerdem festgestellt, daß ihm die Wunden noch am lebendigen Leib zugefügt wurden. Tja und? Die sollten mal lieber schleunigst den Täter fassen. Mich interessierte es einen Scheiß, wie er umgekommen war. Ich wollte vor allem wissen, wer es getan hatte. Es gab da wohl eine ganze Reihe von Anhaltspunkten. Ich jedenfalls konnte mir keinen Reim auf die Sache machen. Im ersten Moment, als Ama ermordet aufgefunden worden war, glaubte ich, der Kumpel von dem Schlägertypen habe die Tat begangen, doch nachdem ich die Leiche gesehen hatte, verwarf ich diesen Gedanken wieder. Ein Gangster würde wohl kaum Spuren wie Zigarettenbrandmale oder Räucherstäbchen im Penis als belastendes Beweismaterial hinterlassen. Wer immer es gewesen sein mochte, ich wünschte, er hätte die Leiche in der Bucht von Tokio versenkt, dann wäre mir der Anblick erspart geblieben. Ama wäre nie gefunden worden, und ich hätte mich der Illusion hingeben können, er lebte irgendwo bis in alle Ewigkeit. Es stimmte also, daß Ama den Typen in Shinjuku erschlagen hatte. Aber jetzt, wo der Täter selbst ermordet aufgefunden wurde, spielte das keine Rolle mehr. Die Tat, die Ama begangen hatte, verlor damit jegliche Bedeutung, denn nun waren Opfer und Mörder tot.

Ich ging zu Amas Beerdigung. Sein Vater begrüßte mich sehr freundlich ohne mißbilligenden Blick auf mein blondgefärbtes Haar, das so gar nicht zu der Trauerkleidung paßte. Im Krematorium wurde der Sargdeckel ein Stück weit geöffnet, um Amas Gesicht freizugeben, doch ich konnte es mir nicht anschauen. Ich wollte ihm nicht Lebewohl sagen. Statt dessen hielt ich an dem Glauben fest, daß der Ama, den ich in der Leichenschauhalle gesehen hatte, noch am Leben sei, die Leiche im Sarg hingegen ein Fremder. Ich konnte nicht anders, als vor der Realität zu flüchten. Ich hatte Ama wohl doch geliebt, sonst würden mich diese peinigenden Gedanken nicht so verfolgen.

»Wann wird der Mörder denn nun endlich gefaßt?«

»Wir tun alles in unserer Macht Stehende.«

»Ha, ich bereite Ihnen wohl Unannehmlichkeiten mit meinen Fragen, was?« provozierte ich den Polizeibeamten, als die Trauerfeier vorbei war.

»Lui, hör auf damit!«

Shiba-san versuchte mich zu bremsen. Was hatten die hier auf der Beerdigung verloren, wenn der Täter nicht gefaßt war? Ich konnte meine Wut nicht zurückhalten.

»Ihr findet mich also zu aufdringlich, ja? Aber dazu habt ihr überhaupt kein Recht! Was ist denn nun, he? Was ist daran so anmaßend, wenn ich von euch verlange, endlich den Mörder zu fassen? Ihr glaubt wohl, mit dieser Schlamperei durchzukommen, nur weil Ama jemanden getötet hat, wie? Fahrt doch zur Hölle, blödes Pack! Meinetwegen könnt ihr verrekken! Das wäre für alle das Beste!«

»Lui, jetzt reiß dich zusammen. Du redest doch bloß noch wirres Zeug!«

Ich sackte zu Boden und bekam einen Weinkrampf. Zur Hölle mit euch! Scheißpack! Mein Repertoire an Schimpfwörtern erwies sich in dem Moment als ziemlich dürftig. Ich war einfach nur hilflos. Richtig im Arsch. Sogar ich mußte mir das eingestehen. Ich bin eine erbärmliche Kreatur, und sonst nichts.

Fünf Tage waren seit dem Auffinden von Amas Leiche vergangen, aber der Täter war immer noch nicht gefaßt. Ich blieb bei Shiba-san im Desire. Bis auf das eine Mal, wo er mich in eine Klinik geschleppt hatte, war ich nicht aus der Wohnung gegangen. Shiba-san, der meinen Zustand nicht mehr mit ansehen konnte, fragte mich, ob ich im Laden helfen wolle. Hin und wieder machte er Anstalten, mit mir zu schlafen, doch ohne mein schmerzverzerrtes Gesicht klappte es nicht bei ihm. Ich verharrte in Ausdruckslosigkeit, selbst wenn er mich würgte. Anstatt Angst zu haben, er könnte zu fest zudrücken, wünschte ich mir vielmehr, er möge mich umbringen. Hätte ich ihn tatsächlich darum gebeten, hätte er mir wahrscheinlich den Gefallen getan. Aber ich sprach es nicht aus. Wahrscheinlich tat ich es nicht, weil ich doch eine zu große Scheu davor hatte. Oder weil ich trotz allem noch an dieser Welt hing. Oder weil ich mich weiter der Illusion hingeben wollte, Ama sei gar nicht tot. Das einzige, was ich wußte, war, daß ich weiterlebte. Die Tage schleppten sich dahin: ein ödes Dasein ohne Ama. Monoton auch deshalb, weil ich keinen Sex mit Shiba-san haben konnte. Hinzu kam, daß ich jegliche Nahrungsaufnahme eingestellt hatte. Nicht einmal Kleinigkeiten vermochte ich zu essen. Binnen eines halben Jahres hatte ich mich von 42 Kilo auf 34 Kilo heruntergehungert. Angesichts der Tatsache, daß wir sowieso alles wieder ausscheißen, erschien mir Essen als lästige Begleiterscheinung. Ich konnte es also gleich sein lassen. Trotzdem mußte ich aufs Klo, obwohl ich nur Bier trank. Man nennt so etwas Kotstauung. Es gebe stets eine fäkale Reserve im Darm, klärte mich der Arzt im Krankenhaus auf. In ruhigem, freundlichem Ton warnte er mich dann, daß ich mich zu Tode hungern würde, wenn ich so weitermachte. Er riet mir zu einem Klinikaufenthalt, doch Shiba-san war dagegen. Wieso eigentlich? Was konnte er schon anfangen mit einer Frau, die er nicht ficken konnte.

»Lui, räum das Zeug da ins Regal!«

Ich spurte sofort, indem ich die Beutel mit den Piercings, die ich zuvor ausgepreist hatte, zusammenraffte und zum Regal rüberging. Shiba-san war schon eine geraume Weile damit beschäftigt, in allen möglichen Winkeln sauberzumachen. Es sah ganz nach einem Neuanfang aus. Das alte Jahr neigte sich ja auch dem Ende zu. Es wurde jetzt schon spürbar kälter, und Weihnachten mit seinen Feiern und Veranstaltungen stand vor der Tür. Shiba-san hatte wohl den großen Kehraus im Sinn.

»He, Shiba-san!«

»Sag mal, willst du nicht mal langsam das ›san‹ weglassen?«

Bildete er sich etwa ein, wir wären ein Paar?

»Ich heiße Kizuki Shibata.«

Das wußte ich bereits, da ich den Namen auf dem Türschild seiner Wohnung gelesen hatte.

»Kizuki klingt doch irgendwie weibisch, oder? Alle nennen mich Shiba. Weiß auch nicht, warum.«

»Und wie soll ich dich nennen?«

»Kizuki ist okay.«

Ama und ich hatten nie derartige Gespräche geführt, wie sie wohl in Zweierbeziehungen üblich sind. Vielleicht empfand ich deshalb ein so großes Bedauern über Versäumtes. Wie schön wäre es gewesen, wenn wir über ganz normales Zeug geredet hätten – über unsere Familie, über unsere Vergangenheit, über unser Alter, über unsere wirklichen Namen. Auf seiner Beerdigung schnappte ich ein paar Details auf: Ama war achtzehn. Erst nach seinem Tod erfuhr ich also, daß ich zum ersten Mal in meinem Leben mit einem Typen zusammengewesen war, der jünger war als ich. Um genau zu sein, ein Jahr, denn ich war neunzehn. Über so etwas sprach man üblicherweise bereits am ersten Tag, an dem man sich kennenlernte.

»Kizuki!«

Es fiel mir schwer, diesen Namen auszusprechen. Ich tat es aber trotzdem.

»Was denn?«

»Das Regal hier ist voll, da paßt absolut nichts mehr rein.«

»Ach, das geht schon irgendwie. Pack sie ins Regal daneben oder stopf sie einfach noch dazwischen.

Ich zwängte die Tüten in das proppenvolle Regal, wo sie komischerweise sogar noch in eine Reihe paßten. Der Anblick der Piercings in den Tüten rief mir erneut Ama ins Gedächtnis. Ich hatte inzwischen die Lust verloren, das Loch in meiner Zunge noch weiter zu dehnen, obwohl die Schmerzen längst abgeklungen waren. Jetzt, da mich niemand mehr dafür bewunderte, erschien mir das ganze Theater umsonst. Vielleicht hatte Ama ja recht, und ich wollte die Schlangenzunge nur, um das gleiche Feeling mit ihm zu teilen. Noch eine Einheit weiter, und ich wäre bei 00 g ankommen. Das war der Punkt, an dem Ama seine Zunge gespalten hatte. Obgleich ich fest entschlossen gewesen war, die Zunge bei 00 g zu splitten, war meine zuvor nicht zu bändigende Begeisterung nun so kurz vor dem Ziel erloschen. Das Zungenpiercing hatte keinen Sinn mehr, nun, wo mit Ama auch meine Leidenschaft verschwunden war.

Ich ging zurück zum Tresen, setzte mich auf einen der Alustühle und starrte geistesabwesend an die Decke. Ich hatte zu nichts mehr Lust. Mir fehlte jegliche Bereitschaft, irgendwas zu tun, oder der Glaube, daß ich irgendwas bewirken konnte.

»Sag mal, Lui, verrätst du mir, wie du richtig heißt?«

»Du willst das wirklich wissen?«

»Sonst würde ich ja nicht fragen.«

»Lui kommt von Louis Vuitton.«

»Nein, ich meine deinen richtigen Namen.«

»Lui Nakazawa.«

»Ach, dann heißt du tatsächlich Lui. Was ist mit deiner Familie? Leben deine Eltern noch?«

»Jeder hält mich für eine Waise, aber ich habe Eltern. Sie leben jetzt in Saitama.«

»Oh, das hätte ich nicht erwartet. Irgendwann sollte ich mich wohl mal bei ihnen vorstellen.«

Komisch, wieso dachten eigentlich immer alle, ich sei ein Waisenkind? Meine Eltern waren beide wohlauf, und unser Verhältnis soweit intakt. Shiba-san staubte in sichtlich guter Laune die Regale ab, während ich die Zeit verstreichen ließ, indem ich ihm dabei zuschaute.

Am nächsten Tag ging ich nicht ins Desire, sondern zum Polizeirevier. Am Morgen war ein Anruf gekommen. Es gebe einige Neuigkeiten, hieß es. Da Shiba-san in seinen Laden mußte, machte ich mich allein auf den Weg. Vorher schminkte ich mich sorgfältig und entschied mich für Amas Lieblingskleid. Es war kalt draußen, so daß ich Strickjacke und Mantel überzog.

»Die Zigarettenabdrücke stammen allesamt von Marlboro Menthol. Der Speichel ist bereits analysiert worden. Außerdem haben wir herausgefunden, daß es sich bei dem Räucherstäbchen in seinem Penis um einen Importartikel aus den USA handelt: Die Marke heißt ›Ecstasy‹, Moschus.«

Was zum Teufel sollen diese Fakten? dachte ich und spürte, wie der Zorn erneut in mir hochstieg. Ama, ich, Shiba-san, Maki – wir alle rauchten Marlboro Menthol. Die Zigarettenmarke des Täters brachte also überhaupt keine Erkenntnis.

»Räucherstäbchen kann man doch überall kaufen.«

»Ja schon, aber diese Marke gibt es nur in der Kanto-Region. Und da ist noch etwas, das wir Sie fragen möchten.«

Das Gesicht des Beamten zuckte plötzlich nervös.

»Ist Ihnen bekannt, ob Herr Amada bisexuelle Neigungen hatte?«

Das brachte mich nun endgültig in Rage. Obwohl es mir allzu bewußt war, daß er diese Frage nicht aus Böswilligkeit stellte, hätte ich ihm am liebsten mit dem Klopperring an meinem Zeigefinder – das Geschenk von Shiba-san – in die Visage geschlagen.

»Warum fragen Sie? Wurde Ama vergewaltigt?«

»Das hat die Autopsie ergeben, ja.«

Ich holte tief Luft und ließ die Erinnerungen Revue passieren. Amas sexuelles Verhalten war alles andere als abnorm gewesen; ich hatte nicht die geringste perverse Neigung bei ihm erlebt. Wir hatten fast täglich miteinander geschlafen, und es war so stinknormal abgelaufen, daß es mir schon fast zum Hals raushing. Er war bestimmt nicht bisexuell gewesen. Allein bei dem Gedanken, daß Ama von einem Typen vergewaltigt worden war, wurde mir speiübel.

»Er hatte überhaupt keine derartigen Anwandlungen. Das kann ich beschwören. Er war ganz bestimmt nicht schwul.«

Beim Rausgehen strafte ich jeden Beamten, der mir über den Weg lief, mit einem verächtlichen Blick. Danach ging ich zurück zum Desire, um Shiba-san über die klägliche Ausbeute der Untersuchungen zu berichten. Ich konnte es einfach nicht fassen, daß Ama vergewaltigt worden sein sollte. Er war doch keine Schwuchtel, die sich ficken ließ, ganz im Gegenteil. Und selbst wenn er bisexuell gewesen wäre, hätte er immer den aktiven Part übernommen. Insofern war es ganz und gar unmöglich, ihm solche Neigungen zu unterstellen.

Als ich den Laden betrat, begrüßte ich Shiba-san, der hinter dem Tresen saß und rauchte, mit einem schwachen Lächeln. Ich brachte es nicht über mich, ihm von der Vergewaltigung zu erzählen. Andere brauchten es nicht zu wissen. Es reichte, wenn Amas beschmutztes Andenken in meinem Kopf herumspukte.

»Keine neuen Ergebnisse.«

»Hm«, brummte Shiba-san und schickte mir, als wollte er mich imitieren, ein schwaches Lächeln zurück. Seit Amas Tod benahm er sich sehr liebenswürdig zu mir. Seine Ausdrucksweise war zwar nach wie vor dreist und ungehobelt, aber ich spürte mehr und mehr Rücksichtnahme und Güte in seinem Ausdruck und seinem Verhalten. Er schob mich ins Hinterzimmer und ging zurück in den Laden, nachdem er mich zum Hinlegen bewegt hatte. Ich lag eine Weile wach, bildete mir jedoch ein, ohne Alkohol nicht schlafen zu können, und stand deshalb wieder auf und ging rüber zum Kühlschrank. Dort fand ich eine billige Flasche Rotwein, die ich öffnete und gleich zum Trinken ansetzte. Zum ersten Mal seit langer Zeit verspürte ich Hunger und aß ein Stück Brot aus dem Kühlschrank. Ein Bissen reichte mir jedoch, denn von dem Hefegeruch wurde mir sofort schlecht. Also packte ich das Brot wieder zurück und schmiß die Kühlschranktür zu. Mit der Pulle Wein in der Hand setzte ich mich auf den Schreibtischstuhl, kramte das Kosmetiktäschchen hervor und betrachtete die beiden Zähne, die Ama mir als Liebespfand vermacht hatte. Versonnen ließ ich sie auf meiner Handfläche hin und her kullern. Was hatte diese Trophäe jetzt noch für einen Sinn, wo Ama nicht mehr da war? Was erwartete ich eigentlich, wenn ich die Dinger anstarrte? Ich schaute sie mir viel öfter an, seitdem Ama aus meinem Leben verschwunden war. Jedesmal wenn ich sie zurücklegte, überkam mich ein Gefühl der Hoffnungslosigkeit. Sollte ich jemals dieses Ritual, mir die Zähne anzuschauen, aufgeben, würde ich dann auch Ama vergessen haben? Ich verstaute die Zähne im Kosmetiktäschchen. Kurz darauf blieb mein Blick an etwas hängen. Aus der halboffenen Schreibtischschublade lugte ein Päckchen aus transparentem Papier hervor. Ein Blick reichte, und ich machte mich auf das Schlimmste gefaßt. Ich zog das Päckchen aus der Schublade und nahm es in die Hand. Ecstasy – Moschus!

Ich sprang sofort auf und stürzte durch den Laden.

»Ich geh was besorgen«, rief ich Shiba-san zu, ohne mich nach ihm umzuschauen. Wohin ich denn wolle, fragte er verdutzt zurück. Ich lief zu dem asiatischen Gemischtwarenladen.

Außer Atem kehrte ich zurück zum Desire. Shiba-san sah mich besorgt an.

»Lui, wo bist du nur gewesen? Ich hatte echt Angst um dich.«

»Ich habe Räucherstäbchen gekauft. Ich hasse Moschus.«

Ich holte das Päckchen aus dem Schreibtisch, ließ sämtliche Stäbchen herausgleiten und brach sie in der Mitte entzwei, bevor ich das Zeug in den Mülleimer warf.

»Ich habe Kokos besorgt.« Ich zündete eins der Stäbchen an und steckte es in den Halter.

»Was soll das, Lui?«

»Nichts weiter, Kizuki! Du solltest dir übrigens dein Haar wachsen lassen. Ich mag langes Haar lieber.«

Shiba-san lachte über meinen Vorschlag. Vor kurzem hätte er mich dafür garantiert mit einem verächtlichen Blick gestraft und mich angeschnauzt, ich solle mich um meinen eigenen Scheiß kümmern. Aber nun sagte er: »Na ja, warum eigentlich nicht? Ich kann sie ja mal wachsen lassen.«

An diesem Abend kehrte ich zusammen mit Shiba-san in seine Wohnung zurück und aß sogar eine Kleinigkeit. Mein Magen rebellierte zwar, aber Shiba-san freute sich dermaßen darüber, daß ich mich dann doch nicht übergab. Anschließend legte ich mich mit ihm zusammen ins Bett und wartete, bis er eingeschlafen war. In der Stille des Zimmers gingen unentwegt scheußliche Phantasien durch meinen Kopf. Es war immer wieder die gleiche Szene: Shiba-san, der Ama die Kehle zudrückte, während er ihn vergewaltigte. Ich malte mir alles mögliche aus – wie Ama dabei gelacht haben mochte und Shiba-san in Tränen ausbrach. Wenn Shiba-san tatsächlich der Mörder war, dann mußte er Ama viel stärker gewürgt haben, als er es bei mir getan hatte. Als ich seinen schlummernden Atem vernahm, ging ich hinüber ins Wohnzimmer, wo ich eine Flasche Bier trank und erneut den Liebesbeweis in Gestalt der beiden Zähne betrachtete. Etwas später stöberte ich in dem Regal neben dem Eingang, in dem allerhand Krempel verstaut lag, nach einem Hammer und nahm ihn mit ins Zimmer. Ich wickelte die beiden Zähne erst in eine Plastiktüte und dann in ein Handtuch und schlug darauf ein. Das laute Hämmern hallte in meiner Brust. Als ich sie zu Staub pulverisiert hatte, schüttete ich mir das Zeug in den Mund und spülte es mit Bier hinunter. Ich schmeckte nichts anderes als Bier. Amas Liebespfand verschmolz nun mit meinem Körper, wurde eins mit mir.

Am nächsten Tag gingen wir gemeinsam zur Arbeit und machten den Laden auf. Shiba-san hatte Brot für mich besorgt. Mit zufriedener Miene sah er mir dabei zu, wie ich, wenn auch nur einen winzigen Bissen, davon verspeiste.

»He, Kizuki, tust du mir einen Gefallen?«

»Was denn?«

Ich zog mein Kleid aus und legte mich auf die Liege.

»Bist du dir ganz sicher?«

Ich nickte wortlos. Shiba-san nahm jenes Instrument, das so aussah wie ein Kugelschreiber, und machte sich daran, den beiden Fabelwesen auf meinem Rücken Augen zu verleihen. Mein Drache und mein Kirin würden also sehen können. Und damit zum Leben erweckt werden.

»Also los!« Im Einklang mit Shiba-sans Ausruf durchzuckte mich ein wohlbekannter Schmerz. Ich konnte eigentlich nicht sagen, was mich damals überhaupt dazu bewogen hatte, mich tätowieren zu lassen, aber diesmal hatte es eine Bedeutung für mich. Meine beiden Wesen bekamen ihr Augenlicht, damit ich selbst zum Leben erweckt wurde. Gemeinsam mit ihnen erhielt ich somit den Lebensfunken.

»Und was, wenn sie fortfliegen?« fragte Shiba-san, während er die Nadel in meinen Rücken stach.

»Na, dann sind sie eben weg. Sie haben die Freiheit zu gehen«, erwiderte ich lachend und warf einen verstohlenen Blick auf sein Gesicht. Shiba-san würde mich nicht mehr gewaltsam nehmen, sondern sich fürsorglich um mich kümmern. Alles würde gut werden. Selbst wenn er Ama vergewaltigt und umgebracht haben mochte – alles würde gut werden. Drache und Kirin öffneten ihre Augen und blickten mich aus dem Spiegel an.

Noch vor Ladenschluß kehrte ich allein in Shiba-sans Wohnung zurück, wo ich sofort das Piercing aus der Zunge nahm und die restliche Spitze mehrmals mit Zahnseide umwickelte. Ich verspürte einen dumpfen Schmerz, als ich den Faden fester zog. Es waren noch fünf Millimeter Fleisch übrig, so daß ich eigentlich zur Rasierklinge hätte greifen können. Statt dessen nahm ich eine Augenbrauenschere und schnitt die Zahnseide entzwei. Der Wickel platzte auseinander, die Schmerzen ließen sofort nach. War es das, wonach ich getrachtet hatte? Ein unförmig klaffendes Loch? Hatte ich das gewollt? Als ich in den Spiegel schaute, erblickte ich den Spalt im Fleisch, der vom Speichel benetzt schimmerte.

Am nächsten Morgen erwachte ich im grellen Sonnenlicht. Meine Kehle war völlig ausgedörrt; ich schleppte mich in die Küche. Als ich direkt aus der Plastikflasche das eisgekühlte Wasser hinunterstürzte, spürte ich, wie es das Loch in meiner Zunge passierte und die erfrischende Flüssigkeit immer tiefer durch meine Eingeweide rann gleich einem Fluß, der in meinem Körper entsprang.

Shiba-san kam auch langsam aus den Federn und rieb sich verwundert die Augen, als er mich vorm Spiegel erblickte.

»Was ist mit dir?«

»In mir ist ein Fluß entsprungen.«

»Häh? Mann, ich hatte vielleicht einen blöden Traum.«

»Was denn für einen?«

»Ein guter alter Freund von mir machte Hip-Hop, und ich sollte ihn besuchen. Doch ich hab's nicht geschafft und kam zu spät. Er und seine Kumpel waren sauer auf mich und haben dann angefangen zu rappen, um ihren Frust an mir auszulassen. Ich war von einem Dutzend Typen umzingelt, die mich anrappten. Ein Rapsong des Zorns.«

Während ich Shiba-san zuschaute, wie er sich mühsam aus dem Bett quälte, überlegte ich mir, ob mein neu entstandener Strom wohl noch kraftvoller fließen würde, wenn ich das Loch in meiner Zunge auf 00 g weitete. Geblendet vom gleißenden Sonnenlicht, schloß ich die Lider ein wenig.

Richard David Precht
Lenin kam nur bis Lüdenscheid

Meine kleine deutsche Revolution
www.list-taschenbuch.de
ISBN 978-3-548-60696-5

Als Kind westdeutscher Linker im provinziellen Solingen lernt Richard David Precht schon früh, zwischen Gut und Böse zu unterscheiden: zwischen Sozialismus und Kapitalismus. Er wächst mit einem klaren Feindbild, den USA, auf, und natürlich ist Coca-Cola ebenso verpönt wie Ketchup, »Flipper« oder »Raumschiff Enterprise« – dafür gibt es das GRIPS-Theater und Lieder von Degenhardt und Süverkrüp ...
Prechts Kindheits- und Jugenderinnerungen sind eine liebevolle Rückschau auf ein politisches Elternhaus – amüsant, nachdenklich und mit Gespür für die prägenden Details.

»Ein lesenswerter Insiderbericht über die politische Macht von blutigen Illusionen.« *DeutschlandRadio*

»Das revolutionäre Gegenstück zu *Generation Golf*«
Berliner Morgenpost

List Taschenbuch

Jérôme Savary
Liebe und Tod in Havanna

Roman. www.list-taschenbuch.de
Deutsche Erstausgabe
ISBN 978-3-548-60717-7

> Jo, Schriftsteller ohne Inspiration und Erfolg, beschließt auszubrechen: aus seinem Leben, aus seiner Ehe mit Anne, die ihm untreu ist und die er schon lange nicht mehr zu lieben glaubt. Das Schicksal beschert ihm einen neuen Job – in Havanna. Auf den Spuren seines großen Vorbilds Hemingway stürzt Jo sich in das Leben auf Kuba, vergisst sich in Sexabenteuern und den treibenden Rhythmen der Salsa ...
>
> Sinnlich, fesselnd, brillant – eine leidenschaftliche Hommage an Kuba.

List Taschenbuch

Anne Tyler
Kleine Abschiede

Roman. www.list-taschenbuch.de
ISBN 978-3-548-60758-0

Während eines Sommerurlaubs verlässt Delia Grinstead Hals über Kopf ihren Ehemann und die drei Kinder. Noch im Badeanzug trampt sie in eine andere Stadt, wo sie sich ein Zimmer mietet und die neue Unabhängigkeit als Single genießt. Dass die Familie eher halbherzig versucht, sie aufzuspüren, erleichtert ihr den Neuanfang. Erst zur Hochzeit ihrer Tochter Susie kehrt sie nach Hause zurück, wo sie dringender denn je gebraucht wird ...

»Anne Tyler ist die beste Schriftstellerin der Gegenwart.« *Nick Hornby*

»Diese raffiniert schreibende Autorin verkörpert das Beste, was die amerikanische Literatur zu bieten hat.« *The Observer*

»Anne Tyler beschreibt mit bissigem Witz und scharfer Beobachtungsgabe.« *Münchner Merkur*

List Taschenbuch

SHR

Paul Murray
An Evening of Long Goodbyes

Roman. www.list-taschenbuch.de
ISBN 978-3-548-60676-7

Für Charles Hythloday ist die Welt im Großen und Ganzen in Ordnung. Warum sich anstrengen, solange er im Herrenhaus der Familie in den Tag hineinleben kann? Der verwöhnte junge Herr sieht seine Aufgabe einzig darin, den Lebensstil des Landedelmanns wiederzubeleben. Aber Charles' Familie ist nicht so vermögend, wie er immer dachte. Er muss sich einen Job suchen und landet in Dublins Armenviertel. Auf diese harte Realität ist er nicht vorbereitet. Andererseits ist das wirkliche Leben auch nicht vorbereitet auf einen wie Charles Hythloday ...

»Murray ist von geradezu draufgängerischer Lust an der Sprache besessen ... ein perfekter Formulierungskünstler.« *Frankfurter Allgemeine Zeitung*

»Paul Murray hat eine umwerfende Familiengeschichte voll Komik und zärtlicher Momente ausgeheckt.« *Spiegel Special*

List Taschenbuch

Ronlyn Domingue
Alle Tage, alle Nächte

Roman. www.list-taschenbuch.de
ISBN 978-3-548-60702-3

Razi und Andrew sind rettungslos ineinander verliebt. Doch noch bevor Razi Andrews Heiratsantrag annehmen kann, stirbt sie nach einem Unfall in seinen Armen. Und das ist der Beginn einer großen Liebesgeschichte.

»Liebe und Tod verschränken sich in diesem poetischen Roman zu einer mysteriösen Einheit. Wunderschön.«
Elle

List Taschenbuch